이런 결혼도(圖)

우리다운 결혼을 찾는 노웨딩 여정

시작 글

"결혼식 하고 싶지 않아요?"

"딱히?"

"특이하네…"

결혼을 했다. 결혼식은 하지 않았다. 누군가에게는 이상하고(strange) 나에게는 이상인(ideal) 결혼식을 소개하려한다.

어려서부터 남들 다 하는 건 괜히 싫었다. (그러기에는 너무 평범한 인생을 살아왔지만) 인기 제품보다는 끄트머리에 진열된 비인기 제품에 눈길이 가고, 대세 브랜드보다는 사람들이 잘 모르는 브랜드를 발굴하는 게 좋았다. 그렇다고 단순히 다름을 호소하기 위해 결혼식을 생략하지는 않았다. 우리나라의 보통 결혼식과 내가 하고 싶은 결혼식이 달랐을 뿐이다.

여행지에서 꼭 사 와야 하는 것들, 어디를 가면 꼭 들러야 하는 맛집 리스트처럼 결혼에도 체크 리스트가 있다. 이제 막 인생의 새로운 장으로 발을 떼는 예비부부들에게 한 줄기 빛이 되는 안내서다. 언제 무엇을 해야 하는지, 예산은 어느 정도가 적정한지 등등 선배들의 결혼 비법이 오와 열을 맞춰 엑셀에 꾹꾹 담겨 있다. 시간이 흐르며 항목이 추가되거나 삭제되는 살아있는 문서다. 나도 "넵! 감사합니다!" 하고 반짝반짝 닦인 길을 따라가면 편할 텐데, 숨겨왔던 반항기가 뜬금없이 튀어나왔다.

'이걸 다 왜 해야 하지?'

이 책은 자화자찬이 목적이 아니다. 어느 하나 아름답지 않은 결혼은 없다. 기존의 결혼은 틀렸고 이 결혼이 맞다고 우기는 심보라면 나야말로 지양한다. 내 이야기를 마주한 모든 이가 노웨딩을 선택하길 바라지 않는다. 단지 내 이야기를 마주한 모든 이가 각자의 웨딩을 꿈꿔봤으면 하는 작은 바람은 있다.

내가 모두의 방식을 존중하듯, 나의 방식도 존중해 달라는 목소리를 내고 싶었다. 조금, 어쩌면 많이 다르지만 이런 결혼도 결혼이라고. 결혼이 주는 행복을 결혼식으로 평가받고 싶지 않다고.

한참 노웨딩을 알아볼 때 비슷한 사례를 찾기 쉽지 않았다. 나중에 후회하니 꼭 결혼식은 하라는 말이 대세를 이루었다. 새로운 길을 처음 밟는 사람은 외롭다. 수모를 당하기도 한다. 하지만 누군가는 걸어야 새로운 역사가 시작되기에 가보기로 했다. 이상한 혹은 자신만의 이상적인 결혼식을 꿈꾸는 사람이 얼마나 될지 모르지만, 말해주고 싶기 때문이다. 여기 내가 있다고. 당신도 맞다고.

노웨딩

비양식을 사랑하는 모순

유별난 커플

2020.05.17
기묘한 프러포즈

"긴히 할 말이 있어."

"지금 하면 되잖아."

"만나서 하는 게 좋을 거 같아."

사귄 지 6년이 됐어도 매일 밤 영상 통화로 한두 시간씩 통화하는 사이에 뭘 굳이 만나서 할 얘기가 있는지 의아했지만 그런가 보다 했다. 애정 전선에 문제가 없으니 이별 통보는 아닐 테고, 나름 진지한 얘기인 것 같았다.

5월의 따사로운 햇살이 내리쬐는 주말, 강남구청역 근처 처음 보는 카페에 앉았다. 긴히 할 말이 있다니 일부러

인적이 드문 카페를 찾았는데, 코로나19*가 한창 휩쓸던 때라 어디를 가나 사람이 없었다.

"자, 어디 한 번 얘기해 봐." (글로 쓰니 냉정해 보이는데 매우 평온한 상태다.)

"생각을 해봤는데, 40이 되기 전에 애를 낳아야 할 것 같아."

DINK**는 아니지만, 아이를 바란 적은 없었다. 정확히는 아이를 낳아야 할 이유를 찾지 못한 쪽에 가깝다. 연애 초, 팽이(구 남자친구이자 현 남편)는 아이가 있으면 동기 부여가 되어 열심히 살 수 있을 거라며 아이를 갖고 싶다고 했는데 참 이해가 안 되는 말이었다. 다 큰 어른이 동기가 필요해서 이렇게 팍팍한 세상에, 뭣도 모르는 여린 아이를 소환하다니 얼마나 이기적이고 몹쓸 일인가. 아이가 평생 한 번도 슬픔 없이 행복하게만 살 수 있다면 죄책감이 덜하겠

---

* 코로나19 바이러스에 의한 전염병.
** Double Income, No Kids. 자녀 없이 맞벌이하는 부부.

지만, 그건 불가능하니까… 그래도 팽이와 결혼을 하고 싶었고, 자녀 계획은 어느 한 쪽이 고집부릴 문제는 아닌지라 '아이 하나 정도는 낳을 수 있겠지?' 정도로 대수롭지 않게 여기고 있었다.

"40 전에 애를 낳아야 하면 늦어도 내년엔 결혼해야 하지 않아? 결혼하고 최소 1년은 아이 없이 신혼을 보내고 싶어."

"그럼 그렇게 해야겠지?"

결혼에 대한 조급함은 더더욱 없었다. 미용사였다가 육아를 위해 전업주부로 전환한 엄마는 결혼해서 일을 그만두느니 혼자 살면서 커리어를 쌓으라고 했다. 몰아붙이는 사람이 아무도 없으니 그저 느긋할 수밖에.

"그래, 알았어."

꽤 쿨한 반응에 팽이는 놀란 모양이다. 언젠간 결혼할 생각이었지만 계기가 없어 유유히 흘러온 연애. 팽이의 말을 계기로 받아들이기로 했다.

"근데 왜 만나서 얘기하는 거야? 전화로 해도 됐잖아."

"네가 애 낳는 거 별로 안 좋아하는 거 같으니까 만나서 얘기하고 싶었지."

"아~ 그럼 이거 프러포즈야?"

노웨딩이라는 다소 낯선 결단의 시작은 이 낯선 프러포즈에서 비롯됐다. 낯섦 심은 데에서 낯섦 나는 법.

지금은 타인의 은밀한 구석을 언제든 엿볼 수 있는 시대다. 다른 사람의 외적 요소에 영향을 받고, 나의 외적 요소도 보일 일이 많아진 시대. 1초라도 틈만 나면 소셜 미디어로 타인의 삶을 탐닉하는 반면, 내 감정에 솔직해 보겠다고 구매한 1달러짜리 일기 앱은 한 달에 한 번 열어볼까 말까 한다. 고민이 있거나 특히 결혼처럼 인생에서 중요한 결정을 내릴 때도 스스로를 바라보는 게 아니라 남들의 방식을 휘리릭 찾아보고는 절대 규칙으로 여긴다.

우리는 백지에서 시작했다. 아니, 우리는 우리로 시작했다. 할지 말 지부터 고민했고, 하기로 했다면 **우리답게 보일 방식**이 아닌 **우리가 좋아하는 방식**을 궁리해 보기로 했다. 호텔 바닥에 곱게 뿌려진 빨간 장미꽃과 그 끝에 가지런히

놓여있는 명품 선물이라는 규칙을 당연히 받아들이지 않는 것이 제1 원칙이었다.

흔한 카페에서 '결혼해 달라'도 아니고 '내 아를 낳아달라'니… 옛날 개그 프로그램에서 무뚝뚝함의 정석으로 표현된 대사가 누군가에게는 헤어짐을 고려해 볼 정도로 최악이겠지만, 왜 인지 나에게는 낭만적이었다. (변태인가?) 인스타그램에 자랑하기 위해 사진을 몇 십장 찍을 필요도 없으니 오히려 좋았다. 코로나19가 아니었다면 이 카페에 오지 않았을 거고, 우리가 아니었다면 팽이의 말이 프러포즈로 성립될 수 없었을 테니 지금 이 순간, 지금 여기, 지금 우리니까 가능한 프러포즈가 아닐까. My answer is yes!

2014.07.05
주파수가 같은 사람

대학교 졸업 후 다닌 두 번째 회사에서 팽이를 처음 만났다. 편집 디자이너로 커리어를 시작했다가 호되게 어려움을 맛 보고 새로운 미디어를 접하기 위해 UX/UI 디자이너로 직무를 전환하며 스타트업으로 이직했다. 사회초년생 딱지를 이제 막 떼려던 시점에 새로운 개발자 팽이가 입사했다. 취향, 성향, 종교 그리고 뭐라고 딱 정의하기 어려운 미묘한 주파수가 철썩 맞은 우리는 10명 남짓한 작은 회사에서 섬을 만들었다. 하루는 동료들이 돌아가면서 인생 드라마를 얘기하고 있었고, 내 순서가 되어 《IT Crowd》라는 영국 시트콤을 말했다. 영국 드라마에서 느낄 수 있는 특유의 다크한 분위기, 잔혹하고 극단적인 유머가 짜릿했는데, 국내에서 그렇게 잘 알려져있지 않았고 인기도 그닥이었다. '다들 모르겠지…' 지나가듯 던져 봤는데 알아주던 유일한 사람이 팽이였다.

"Have you tried turning it off and on again?"

팽이는 《IT Crowd》를 본 사람이라면 누구나 아는 유행어를 따라했고, 그 자리에서 우리 둘만 깔깔 웃었다.

물론 모든 게 동기화된 듯 같진 않았다. 공대에서 온 남자와 미대에서 온 여자의 전문 분야는 너무도 달랐다. 사귄 이후부터는 각자의 전문 분야를 알려주고, 습득하는 과정이 흥미로웠다. 팽이가 빠삭하게 꿰고 있는 흑인 음악에 영향을 받아 노래 부를 때 마다 화를 내는 에미넴을 좋아하게 됐고, 나는 서울 곳곳에서 열리는 전시회에 팽이를 끌고 다니며 예술 지식으로 감성을 채워주었다.

서로 호감은 있었지만 우리 사이엔 직장 동료라는 두터운 벽이 서 있었다. 어느 주말, 친구 인엽이와 한강에서 이야기를 나누다가 갑자기 어디서 용기가 생겼는지 팽이에게 메시지를 보냈다. 얼마 전 팽이가 얘기한 본인 동네에 있는 유명한 빵집을 빌미로 만남을 시도했다. '빵집 이름이 뭐냐, 지금 근처에 있어 가보려고 한다.' 고 메시지를 보냈고, (빵집은 관악구에 있었고, 나는 이촌에 있었기 때문에 전혀 근처가 아니었다.) 마침 자기도 집에 있으니 커피나 한잔 하자는 팽이의 말에 직장 동료 간 주말 만남이 처음으로 성사되었다. 내가 던진 미끼를 팽이가 물었는지, 팽이가 던진 미끼를 내가 물었는지 갑론을박은 여전히 진행 중이다. (나중에 들었지만 극 J인 팽이는 이 상황을 다 계획하여 나에게 빵집을 인셉션 해놨다고 한다.) 아무튼 짧은 시간에 단팥빵을 양손 가득 사고, 맛집이라는 식당에서 주꾸미볶음도 먹고, 커피까지 마셨는데도 아쉬움을 가득 안고 헤어졌다. 그 때 빵 먹으러 간 바람에 여기까지 왔다며 우스갯 소리로 남게 된 역사의 날, 우리는 직장 동료의 선을 넘었다.

출근 할 때에는 회사 근처 지하철역에서 만나 사무실까지 같이 걸어가고, 몇 번의 주말 데이트를 하면서 보냈던 결혼 전 마지막 썸의 시간. 썸의 종지부가 찍힌 날, 공사 중이던 월드컵 대교가 보이는 한강 공원에 앉았다. 누가 봐도 고백 타이밍을 알리는 어색한 기류가 흐르고, 서로 눈치만 보다가 웃음이 터졌다. 위트 빼면 시체인 팽이는 어색한 순간에도 유머를 잃지 않았다. 먹고 있던 홈런볼 하나를 나에게 내밀며 말했다.

"이거 먹으면 우리 사귀는 거다."

영화 《내 머리 속의 지우개》에서 철수(정우성)가 수진(손예진)에게 소주 한 잔을 건네며 하는 말이다.(원래 대사는 "이거 마시면 우리 사귀는 거다.") 나는 홈런볼을 냅다 입에 넣었다. 팽이는 덧붙였다.

"월드컵 대교 다 지어지면 결혼하자."

2015.06
어떤 단어로도 변환할 수 없는

회사 사정이 좋지 않아 각자 다른 회사로 이직을 하게
되면서 복사기도 안다는 흥미진진한 사내 연애는 막을 내
렸다.

회사에서 사용했던 '~님' 호칭에 익숙해진 우리는 연애
초 1년 동안 서로를 '다혜 님', 'OO 님'이라고 불렀다. 데이트
중 잠깐 들른 문구점에서 멀리 있는 팽이를 늘 부르던 대로
"OO 님!"하고 외치자, 옆에 계시던 아저씨가 깜짝 놀라며
나를 흘끗 쳐다보셨다. 그때는 '~님' 호칭이 그다지 일반적
이지 않았기 때문에 아마도 메이드가 주인님을 부르는 그
림을 상상하신 것 같다.

이런 황당한 에피소드가 있기도 했고, '~님'이라는 호칭이 이제는 동료 이상으로 긴밀한 사이를 표현하는 데에 한계가 있기에 토론회를 열었다. 딱히 떠오르는 별명이나 애칭은 없고, 갑자기 오빠라고 부르기도 왠지 간지러웠다. 내가 4살 어리긴 했지만 오빠, 동생은 뭔가 부족했다. 오빠로서 동생을 돌보는 책임감, 오빠에게 기대는 동생의 어리광이 우리 관계에 주는 아니길 바랐기 때문이다. 무난하게 '자기'는 어떻겠냐고 제안해 봤는데, "남들한테 부르던 호칭으로 불리는 건 싫어."하는 심드렁한 답이 돌아왔다.

　"다혜 님은 어떻게 불리고 싶니?"

　"그냥 이름 불러주는 게 좋아."

　나는 정말 내 이름을 좋아한다. 어느 소설에서 가져온 이름 다혜. 예쁜 한자를 붙여주고 싶었다며 차 다(茶)에 사랑할 혜(憓)를 써서 직역하자면 '차를 사랑하다'가 되어버린 이름이 자랑스럽다.

　"그럼 이름으로 부를까? 다혜야~"

　"좋아. OO님은 어떻게 불리고 싶어?"

"나도 이름?"

그렇게 우리는 서로를 이름으로 부르게 되었다. 결혼 후에도 '여보'라던가 '자기'가 들어올 틈은 없었다. 각자의 휴대폰에 저장된 이름은 내 사랑도 아니고, 아내와 남편도 아니고, 그냥 '이다혜'와 '이OO'. (심지어 '다혜'와 'OO'도 아니다!) 이 이야기를 지인에게 했더니 둘 사이가 안 좋으냐고 놀린다. 하지만 우리는 사이가 굳건한 걸 서로 너무 잘 알고 있다 보니 다른 사람들의 반응이 그저 재밌기만 하다. 사이가 안 좋아서 이름으로 저장하는 게 아니라, 사이가 좋기 때문에 건조해 보일지라도 이름으로 저장할 수 있답니다!

어떠한 수식어도 필요 없다. '사랑'으로 퉁치기에는 뭔가 아쉽다. '의리 있는 친구'일 때도 있고, 나이는 많아도 '어리숙한 동생'으로 보일 때도 있고, 어떨 때는 '인생의 멘토', 한대 때리고 싶은 '잔소리하는 상사'일 때도 있는걸?

영화 《인사이드 아웃 2》의 초반, 주인공 라일리의 모난 구석 하나 없는 완벽한 자아 나무는 "I am a good person." 이라 말한다. 하지만 신념 저장소에 온갖 기억들이 밀려들자 자아 나무는 뾰족하게도, 엉성하게도 변하는데 그 모든 모습은 다 라일리였다.

봉긋하게 가꿔지지 않고 이것저것 덕지덕지 붙어있는 비정형의 야생 나무에게 붙일 수 있는 이름표는 "Good Person"이 아니라 그저 이름뿐이다. 내 휴대폰에 저장한 팽이의 이름도 그렇다. 어떤 시선으로 바라보느냐, 어떤 상황에 놓이느냐에 따라 매번 다르게 보이는 한 인간을 그 자체로 대하겠다는 철학이 깃들어 있어 앞으로도 바꿀 일은 없을 것 같다.

2021.02
잊혀진 가족

카페에서의 멋없는 프러포즈 후 반년 이상은 그냥 흘려보냈다. 40 전에 아이를 갖고 싶다는 다급한 프러포즈가 무색하게 하루하루가 놀랍도록 평소와 똑같았다. 평일 밤에는 아늑한 침대에 누워 영상통화로 자기 전까지 수다를 떨고, 주말에는 커피 마시고 밥 먹고 헤어지는 시간들.

2021년 새로운 해가 시작되자 먼저 조급해진 사람은 나였다. 지금 조급해야 할 사람은 또 한 살을 먹은 팽이여야할 텐데… 늘 그랬다. 한 번 꽂히면 후다닥 처리하는 추진력 갑인 내가 채찍질하면서 이끌고, 팽이는 뭘 믿고 느긋한지 내일로, 또 내일로 미루다가 삐끗하면 다툼으로 이어지는 역사. 결혼은 둘 중 한 명이 밀어붙여야 한다더니 슬슬 소매를 걷어붙일 시간이 되었다. 이제는 팽이가 38세가 되었기 때문에, 내일 당장 결혼하고 1년간 둘만의 시간을 가진 후 임신해야 40전에 아이를 가질 수 있었다.

결혼의 첫 단추는 뭘까? 어쩔 수 없는 유교걸인지라 먼저 양가 부모님께 말씀을 드리기로 했다. "이 사람과 결혼할게요." 선언하고 확인 도장을 받아야 다음 단계로 나아갈 듯싶었다.

설 명절을 앞두고, 몇 개월간 서랍 속에 처박혀 있던 '결혼'이란 단어를 불쑥 꺼내 잔뜩 묻은 먼지를 털었다.

"근데… 결혼하고 싶다며. 뭐라도 해야 하지 않아?"

"그러게. 뭘 해야 하지?"

"부모님들 만나는 건 어때? 일단 승낙은 받아야 될 거 같은데."

그렇게 바로 엄마에게 전화를 걸어 결혼하고 싶은 남자가 있으니 설날에 데려가겠다고 선포했다. 드디어 뭉그적거리던 무거운 몸을 이끌고 무거운 첫 삽을 들었다. 서두르지는 않기로 했다. 상반기까지 양가 부모님께 인사를 드리기로 했다. 그렇게 '결혼 승낙받기' 퀘스트가 30여 년 만에 손에 쥐어졌다.

첫 순서는 엄마. (참고: 나의 부모님은 이혼하셔서 두 분을 따로 뵈야 했기에 뭘 해도 총 세 번을 했다.) 팽이는 빈손으로 갈 수 없다며, 몇 주 전부터 선물을 고민하더니 귀한 전통 소주와 고급스러운 도자기 잔 세트를 준비했다.

설 연휴 첫날 뚜벅이 커플은 지하철에 올랐다. 우리 엄마가 양가 부모님 통틀어 난이도 최하일 거라며 팽이를 안심시키려 했지만 한 시간 넘는 지하철 여행 동안 나 또한 걱정이 전혀 없었다면 거짓말이다.

'반응이 어떨까? 무슨 얘기를 해야 하지? 갑자기 엄격하게 굴면 어떡하지?'

애써 덤덤한 척하며 현관문을 열고 들어가자 들려오는 칙칙 압력밥솥 소리와 익숙한 명절 음식 냄새에 긴장이 확 풀렸다. 근 몇 년 동안 먹은 적 없는 갈비와 꼬치 전을 포함한 진수성찬이 보였다.

역시 난이도 최하 보스답게 어렵지 않은 시간이었다. TV에서 봤던 첫인사 장면과 달리 엄마는 팽이에게 질문을 거의 하지 않았는데, 오죽했으면 이름도 안 물어보길래 만두를 빚으면서 슬쩍 알려줬다. 우리도 우리지만 엄마도 긴장을 잔뜩 했나 보다.

　　명절은 따뜻한 날이라고 하던데, 어린 시절 1년 중 가장 싫은 날이 명절이었다. 부모님은 각자의 사정으로 바쁘고, 나이 차가 많이 나는 친척 언니와 오빠들 무리에 끼지는 못했다. 동생이 또래 사촌과 사내아이들 방식으로 시간을 보내겠다고 나가면 나는 외톨이가 되었다. 오촌 이상 친척들은 나와 어떤 관계인지 도저히 계산되지 않아 그저 남 같기만 하다. (나랑 동갑이면서 대체 왜 삼촌이래?) 그렇게 숫기 없는 아이가 되어 친척들 틈에서 있는 듯 없는 듯 시간을 때우는 게 다였다. 부모님이 집에 가자고 하기만을 간절히 기다리면서.

　　2021년 설날은 달랐다. 나를 중심으로 가족들이 모였다. 나의 엄마, 나의 동생, 나의 미래 남편. 가까운 사람들뿐이다. 어쩌면 어른이 된다는 건 명절날 아는 사람이 점점 많아지는 것일까? 가짓수는 훨씬 적지만 편안하게 먹을 수 있는 명절 음식들을 상에 올렸다. 둘러앉아 소를 너무 많이 했다는 애정 어린 타박도 넣어 만두를 빚고 어른의 상징인 고스톱도 쳤다. 왜 어른들은 고스톱을 치면서 저렇게 소리를 지르나 했는데 실제로 해보니 내가 제일 요란했다. 정오에 도착해서 저녁에 떡국까지 배불리 먹은 뒤에야 일정이 겨우 끝날 정도로 풍성한 명절이었다. 예비 사위가 마음에 들었는지 자고 가라고 붙잡는 엄마에게 자주 오겠다고 지키지도 못할 약속을 하고 다시 지하철을 타고 서울로 돌아왔다.

처음 맞는 따뜻한 명절에 형용할 수 없는 감정이 파르르 끓었다. 분명 행복인데, 불안함이 붙어있는 행복. 지금이 너무 행복해서 곧이어 불행이 찾아올까 봐 겁이 날 정도로 행복한 감정이었다. 혼자 살며 잊고 지냈던 **가족으로부터 받는 행복**이 언제 깨질까 조마조마할 때마다 눈을 질끈 감으며 남은 연휴를 보냈다.

2021.06
나의 결혼식을 그릴 것

만난 지 7년이나 되어서야 팽이는 부모님께 결혼할 여자친구가 있다는 비밀을 털어놓았다. 마흔이 다 되어가는 아들이 여자친구는 없어 보이고, 결혼할 기미도 없이 신나게 세계를 여행하는 모습에 불안했던 팽이의 부모님은 간간이 선 자리를 물어다 주셨고, 팽이는 한사코 거절만 했다.

그러나 팽이의 여동생이 결혼을 하고 태어난 조카가 첫 생일을 맞이하는 동안 팽이의 가족들은 몰랐지만, 뒤에서 나도 함께하고 있었다. (조카 사랑이의 생일 파티 날 벽에 붙어있던 가랜드가 내 작품이었다는 사실!) 굳이 숨길 이유는 없었지만, 여자친구가 있다는 사실이 부모님 귀에 들어

가는 순간 결혼의 압박으로 내가 불편할까 봐 나름대로 배려했다고 한다.

아무튼 결밍아웃(?)을 한 날, 팽이는 어머님에게서 '여자 친구 정면 사진을 보내 봐라', '둘이 있는 사진을 보내 봐라', '너무 행복하다'는 등 메시지를 받았다고 한다. 감사한 관심이었지만, 그렇게 기대하다가 실망하시면 어쩌나 하는 부담을 안은 채 시부모님과 첫 만남을 준비했다.

나 역시 선물을 가장 고민했는데, 신박한 아이템이 떠오르지 않아 결혼 준비 카페에 가입해 다른 예비 신부들은 무슨 선물을 사는지 둘러봤다. 카페 선배들의 픽은 도라지정과! 응? 도라지정과? 도라지정과를 들어본 적도, 먹어본 적도 없었기에 다른 선물 후보를 떠올려 보았지만 꽃바구니는 꽃 농사를 지으셔서, 과일 바구니는 집에 이미 과일이 많아서, 홍삼은 예전에 홍삼 사업을 하셔서, 소고기는 잘 안 드셔서… 온갖 이유로 반려되자 '역시 선배님들 말씀대로 도라지정과인가?' 싶었다. 적당한 가격에 고급스럽고, 어르신들이 좋아하는(혹은 좋아할 것 같은) 간식이라 무난해 보였다.

쉽게 가려고 했다면 더 고민하지 않고 도라지정과를 샀겠지만, 왠지 썩 내키지 않았다. 다수가 만족했다고 해서 내 맘에도 꼭 들 거라고 장담할 수는 없다. 별점 4.9점의 맛집이라도 내 입맛에 1점이면 무슨 소용인가? 이럴 때는 '취향'이라는 친구를 해부대에 올려 본다.

나라서 할 수 있고, **그들**이기 때문에 기쁘게 받을 수 있는 선물이 뭘까? 아무래도 미대 출신이라 손으로 만드는 물건이 괜찮아 보였다. 미대 입시 준비를 시작한 10대 시절부터 현재까지 행적을 보여주기에 좋고, 정성도 담겨 있으니 이렇게 적합할 수가!

마침 원데이 클래스가 모여 있는 플랫폼을 뒤지다가 좋은 수업을 찾았다. 버릴 일 없이 매일 사용할 수 있는 접시에 그림을 그리는 수업이었다. 집 근처에 도자기 공방이 있어 예약하고, 인터넷에서 일러스트를 찾아 도안을 짰다. 꽃 농사를 지으시니까 도안은 꽃으로. 식사하실 때마다, 설거지하실 때마다 접시에 피어 있는 만년 꽃처럼 수줍은 며느리와 첫 만남의 기억 또한 몽글몽글 피길 바라면서…

몇 년 만에 잡아보는 붓을 꼭 쥐고 색깔을 슥슥 칠하는데, 미대 출신이라 그런지 붓질을 잘한다는 의심스러운 칭찬을 받았다. 클래스에 안고 갔던 포부에 비해 뿌옇고 예쁘지 않아 걱정을 한 움큼 불러온 접시는 5일 뒤 반짝거리는 때깔로 내 손에 들어왔다. 중간중간 물감 사이의 빈틈이 신경 쓰여 100% 만족스럽진 않았지만, 누굴 탓하랴. 그래도 세상에 하나뿐인 접시, 떨리는 손길이 그대로 보여서 매력 있다며 정신 승리를 했다.

평소 잘 입지 않는 노란 레이스 셔츠와 검정 슬랙스에 플랫 구두를 신고 조신한 예비 며느리로 변신해 기차에 올랐다. 기차 타고, 택시 타고, 시를 넘고, 도를 넘어 시부모님의 일터인 꽃밭 앞에서 내리는데 심장이 쿵쾅쿵쾅. 괜찮을 거라고 백 번을 되뇐 노력이 한순간에 날아갔다. 사진으로만 봤던 어머님은 아들이 어떤 처녀를 데려올지 궁금함을 숨길 수 없으셨는지 멋진 차림으로 차도까지 마중을 나오셨고, 아버님은 침착하게 뒷짐을 진 채로 멀리서 지켜보고 계셨다.

"안녕하세요! 호호호"

친구들이 봤으면 놀렸을 어색한 웃음 섞인 인사를 드리자 어머님께서 와락 껴안으며 반갑다고 하시는데 무뚝뚝하고 표현이 적은 우리 집과 다르다 싶었다. 미리 예약해 두신 식당으로 이동해 호기심 해결 스피드 퀴즈 시간을 가졌다.

저희는 7년을 사귀었어요. 저는 H 대학교에서 시각디자인을 전공했고, 지금은 회사에서 기획 업무를 하며 팀장까지 달았답니다. 결혼은 내년 초쯤 하려고요. 아버지는…

면접관 앞에 선 면접자가 되어 줄줄 신상 정보를 읊어드리면서 시간을 보내고 있는데, 어머님께서 뜻밖의 말씀을 하셨다.

"결혼식 안 해도 되잖아? 요즘 코로나도 심한데… 엄마는 그냥 너희 둘만 행복하면 돼."

양가 어머니의 화촉 점화, 신랑 입장, 신부 입장, 예물 교환, 축가, 퇴장, 사진 촬영… 부케 던지기는 의미보다는 사진을 찍기 위한 목적이 더 큰지, 사진작가는 포물선을 예쁘게 그려야 한다고 신신당부한다. 사진에 예쁘게 담기지 않으면 몇 번이고 다시 부케를 던진다. 부케 던지기가 결혼식의 백미이자 가장 로맨틱한 순간이라고 여겨 왔는데, 하객으로 처음 참석한 결혼식에서 신부가 완벽한 사진을 위해 부케를 세 번 정도 던지는 모습을 보고 환상이 와장창 깨졌다. 그 후 여러 번의 결혼식에 참석하면서 진심으로 부부를 축하했지만, 한 편으로는 붕어빵처럼 똑같은 결혼식 모습에 의미를 의심하기 시작했다. 평생 함께하고 싶은 사람과 백년가약을 맹세하는 자리인데 어떨 때는 영원히 남을 사진이, 어떨 때는 회수해야 하는 축의금이 우선시되기도 했다.

어느 외국 절벽에서 하는 결혼식은 내 삶에 없을까? 핑크빛 안개에 덮여 잘 보이지 않는 미래의 결혼식을 더듬거려 본다. 넓은 정원이 있는 경기도의 독채 숙소를 빌려 1박 2일로 열리는 파티를 여는 것이다. 직계 가족과 가장 친한 친구 몇 명만 와 있다. 주례 대신 부부가 서로에게 쓴 편지를 낭독한다. 몇 다리만 건너면 축가를 멋지게 불러 줄 인디 밴드를 섭외할 수 있으리라. 가벼운 노래는 싫고, 진지한 노래도 싫다. 마이너한 노래보다는 유치하다고 플레이리스트에서 제외했던 뻔한 사랑 노래가 눈물샘을 자극하겠지. 하객한테 돈을 받아오라거나 신부를 안고 스쾃을 시키는 이벤트는 꿈도 꾸지 말자. 퇴장곡은 의심의 여지없이 영화 《비긴 어게인》 OST 중 <A Higher Place>.

You take me to another space and time. You take me to a higher place so I'm about to get out of the race. I don't mind. You ought to know that everything's nothing if I don't have you. (너는 나를 다른 시간과 공간으로 데려가. 너는 나를 더 높은 곳으로 데려가. 그래서 나는 경주에서 벗어나려 해. 상관없어. 네가 없다면 모든 게 아무 의미가 없다는 걸 알아야 해.)

경쾌한 무드로 사랑을 말하는 가사. '이보다 완벽한 퇴장곡이 있을까?'는 나의 아름다운 상상이다. 막상 내 결혼을 앞두고 따져보니 알겠다. 어쩌면, 아주 어쩌면 인정하긴 싫지만 K-결혼식이 최고일지도 모른다! 독채 숙소 섭외만 하면 되는 줄 알았는데, 장식할 꽃과 음식 케이터링, 교통편 등 어느 하나 손쉽게 해결될 일이 없었다. 그 귀찮음을 감수할 만큼 결혼식에 진심은 아니었다. 회사에 다니면서 준비할 자신도 없었다.

그렇다면 차라리 결혼식을 안 하면 어떨까? 예비 신랑과 손잡고 구청에 가서 혼인신고를 하고, 바로 공항으로 출발해 허니문을 떠나는 상상을 해본다. 어느 것에도 구애되지 않고, 우리만의 세상에서 우리에게만 몰입하는 100% 주체적인 결혼식. 불필요한 에너지 낭비, 물질적인 낭비, 금액적인 낭비도 없을 것이다. 생각이 이에 미치자 결혼식보다는 혼인신고라는 다소 딱딱한 법적 절차가 더 낭만적으로 다가왔다.

노웨딩이라는, 웨딩인지 아닌지 모르겠는 실체 없는 무

언가에 **이상적인 결혼식**이라는 라벨을 붙여 보관해 왔지만 이뤄질지는 솔직히 몰랐다. 아니 기대도 하지 않았다. 결혼은 나 혼자 하는 게 아니라고들 하니까.

2021.06
want 말고 like!

"결혼식 안 해도 되잖아? 요즘 코로나도 심한데… 엄마는 그냥 너희 둘만 행복하면 돼."

시어머님이 노웨딩을 언급하시자 그간 꿔온 꿈을 이룰 수 있겠다 싶어 눈이 반짝했다. 시아버님은 조금 서운하신지 정말 괜찮겠냐고, 결혼식은 해야 하지 않겠냐고 재차 물으셨다. 누구에게도 상처를 주고 싶지 않은 고질병 때문에 이런 말을 들으면 속 편하게 결혼식을 할까 싶기도 했지만, 등 떠밀려 결혼식을 했다가 "거 봐요. 하기 싫다고 했잖아요." 하며 평생 원망하게 될까 무서웠다. 우리의 선택에 따른 결과를 온전히 책임지기 위해서는 우리의 신념을 올곧

게 밀고 나가야만 했다.

"저는 결혼식 안 해도 괜찮아요."

마지막으로 아빠를 만났다. 이미 두 번의 첫 만남을 치르고 경력직이 되어 걱정이 덜했다. 팽이에게 "따님을 주십시오! 자신 있습니다!"하고 말해보라고 장난을 쳤는데, 그런 말이 필요 없을 정도로 자연스럽게 전개되었다. 분위기가 무르익어갈 무렵, 조심스럽게 운을 뗐다.

"아빠, 내가 예전에 결혼식 하기 싫다고 했잖아. 시부모님은 안 해도 된다고 하셔서 안 하고 싶은데, 아빠는 어때?"

"좋지! 큰아빠랑 고모도 검소한 걸 좋아해서 이해해 줄 거야."

의외로 엄마가 노웨딩에 의문을 표했다. 결혼을 하라든가 아기를 낳으라는 잔소리가 없어 결혼식에도 미련이 없을 줄 알았는데 뜻밖의 축의금 회수 이야기가 나왔다.

"그동안 축의금 많이 냈는데…"

짜증이 나지는 않았다. 결혼하지 말라던 엄마도 평범한 사람이구나 싶어 오히려 신기했던 것 같다. 축의금은 축하한 셈 치라고, 나는 필요 없다고 했다.

"다른 분들은 뭐래?"

"엄마만 허락하면 돼. 시부모님이랑 아빠는 오케이 했
어."

협박 멘트다. 3:1의 싸움에서 혼자 다른 목소리를 내기는
쉽지 않으니까. 엄마의 반대로 결혼식을 하게 될까 봐, 아니
가슴에 손을 얹고 솔직하게 말해보자면 엄마의 반대에 신
념이 흔들려 결혼식을 하게 될까 봐 비겁한 수를 써버렸다.
노웨딩의 뿌리가 확고하다고 자부해 왔는데, 준비 내내 크
고 작은 잡음이 있을 때마다 귀가 팔랑거렸다.

"그래. 축의금 안 받으면 그만이지."

우리의 노웨딩은 엄청 거센 반대에 부딪히지는 않았다.
수월한 시작처럼 보이겠지만, 눈에 보이지 않는 밑 작업은
그전부터 있었다. 우리는 '결혼식=당연'이라는 통념에서 벗
어나 결혼식을 객관적으로 바라보았다. 팽이와 충분히 의
견을 나누고, 각자 부모님의 잠재의식에 우리가 꿈꾸는 결
혼식을 조금씩 심어 놨다. (팽이는 원빈-이나영 부부처럼

논밭에서 결혼식을 하고 싶다고 얘기했다고 한다.)

최근 들어 다양한 형태의 결혼식을 쉽게 볼 수 있다. 주례 없는 결혼식은 꽤 오래전부터 기본이 되었고, 카페를 빌려 온종일 결혼 파티를 하거나, 결혼식 대신 가족 여행을 선택하기도 한다. (참고로 나의 로망과 가장 비슷한 건 빈지노-스테파니 미초바 커플의 결혼. 결혼식 없이 부케를 들고 구청에 방문해 혼인신고를 했다.)

책 《적정한 삶》에서 김경일 교수님은 'want'와 'like'의 차이점을 말한다. want는 남들에게는 있지만 나에게 없어 외부로부터 자극받아 원하게 된 것이며, like는 내가 좋아하는 것이라고 한다. 누구나 쉽게 노웨딩을 할 수는 없겠지만, 현실의 단단함에 꿈이 깨져 원하지 않는 결혼식을 하게 될지라도 다른 사람들이 하기 때문에 원하는(want) 결혼식이 아닌 **내가 진정 좋아하는(like) 결혼식**을 그려보면 어떨까? 남들과 똑같아도 괜찮고, 남들이 이해하지 못해도 괜찮다. 인생이라는 도화지에 커다란 획을 그리는 순간인데, 좋아하는 꿈을 꿀 자유조차 없다면 너무 슬프지 않을까?

이상(異常)?
이상(理想)!

2021
예물로 자전거는 안 되나요?

예물과 예단. 같은 예 씨 성을 가진 두 개의 개념이 헷갈려 매번 찾아본다.

○ 예물: 신랑, 신부가 주고받는 선물
○ 예단: 집안끼리 주고받는 선물

매년 가격이 오른다는 샤넬 백, 자본주의 사회를 사는 인간이라면 하나 정도는 갖고 싶지 않나요? 탄탄한 퀼팅 원단에 고고한 자태를 뽐내는 폭력적인 로고.《섹스 앤 더 시티》나《악마는 프라다를 입는다》를 보며 직장인은 모두 명품 옷을 입고 명품 백을 드는 줄 알았다. 한때는 명품 가방 하나 사 보겠다고 생일이 있는 6월에 만기되는 1년짜리 적금을 들기도 했다. 기다리고 기다리던 만기일이 되어 적금 계좌에 꽁꽁 묶어둔 돈을 찾았다. 그런데 막상 가방을 사려고 하니 이상하게 지갑이 쉽게 열리지 않았다. 헬스장에서 PT 비용 몇백만 원은 쉽게 지불하던 나였는데 말이다.

썩 내키지 않았던 첫 번째 이유는 같은 가방을 메는 사람이 많았기 때문이다. 평범한 소시민의 예산으로 살 수 있는 명품 가방 중 괜찮은 디자인은 한정되어 있고, 백화점에 가면 똑같은 가방을 멘 사람을 마주칠 때마다 조용히 가방을 가릴 게 뻔했다. 두 번째 이유는 명품 가방을 멜 일이 별로 없기 때문이다. 지하철 타고 회사 오가는 게 대부분이라 무게가 가볍고 물건들을 아무렇게 쑤셔 넣어도 되는 캔버스 백이 최고더라.

결국 모은 돈을 그대로 CMA 통장으로 옮겨 놓았다가 주식 청약을 받았다는 뜻밖의 결말. 결혼식장에 가면 친구들이 명품 가방 하나씩 달고 오니까 나도 교양용으로 하나 장만할까 싶었지만 당장 필요하지 않으니, 예물로 받고 싶

은 욕심도 없었다. 정말 필요할 때 사면 되잖아! 내가 돈이
없어? 돈 쓸 용기가 없지!

남자들은 주로 예물로 시계를 받는다고 하던데, 팽이는
있는 시계도 안 차는 사람이다. 그래도 애플워치는 잘 차는
데, 시간을 보기보다는 하루의 운동량을 측정하는 게 목표
인지라 눈 뜨고 잠들기 바로 전까지 한시도 쉬지 않고 독하
게 시계를 차고 있다.

그렇다고 해서 우리가 물욕이 없는 건 절대 아니다. 명
품까지는 아니더라도 비싼 옷과 신발을 좋아하고(사실 명
품도 좋아해요), 여행지에서는 서비스와 위생을 따지기에
비싼 호텔을 찾는다. 소박하기보다는 어디에 돈을 썼을 때
만족스러운지 스스로를 잘 알고 있다.

그럼 예물로 뭘 하면 좋을까? 너무나도 당연한 결혼반
지를 하기까지 참으로 말이 많았다. 웬만하면 의견이 맞는
편인데 반지에서는 갈렸다.

○ 반지파(나): 예쁜 반지를 끼고 싶으니까 포기 못해. 유부녀임을 증명할 수 있는 쉬운 방법이잖아!

○ 반지 반대파(팽이): 필요 없어. 왜냐고? 반지를 안 끼니까.

'평소에 귀찮아서 끼지도 않을 텐데 비싼 돈을 들여 조그마한 액세서리를 사는 게 아까울 수 있어. 그래도 반지를 안 할 생각은 없었는데 창의력이 대단하군? 나는 아직도 멀었어.'

그렇다면 반지를 대체할 예물이 무엇이 있을지 내키지는 않지만 고민하는 척을 해봤다. 그나마 유력한 건 시계였는데, 애플워치를 한 몸처럼 지니고 있기에 아날로그 시계는 필요하지 않았다. 나를 단번에 정색하게 만든 반지 문신 아이디어도 있었다. 팽이는 진지하게 문신을 할 의지를 갖고 있어 기겁했지만, 결국 반지를 대체할 만한 것이 마땅히 없다는 사실에 동의했다.

반지 외에는 딱히 필요한 물건이 없어서 예물은 생략하

는 것으로 암묵적 합의를 했다. 그런데 어느 날 통화를 하다가 즉흥적으로 예물을 정했다. 바로 자전거! 부끄럽지만 스무 살이 넘어서야 두발자전거를 처음 타봤고, 배웠다. 날씨 좋은 가을날 따릉이*를 타고 여유롭게 지나가는 사람들이 나에게는 동경의 대상이었다.

더는 미루면 안 되겠다 싶어 서른 살이 넘어서야 만학도로 자전거 연습을 시작했다. 다행히 대학생 때 짤막하게 배운 감각이 남아 있었다. 재택근무를 하는 날이면 점심시간마다 따릉이를 빌려 집 근처 공원을 뱅뱅 돌았고, 라이딩에 재미를 붙이면서 주말에는 카카오 바이크를 타고 맛있는 음식을 먹으러 다니는 데이트를 즐겼다. 동네 어린이들이 한 손으로 자전거 핸들을 조작하고 쌩쌩 발을 굴리며 지나가는 반면, 난 아직 한 손은 커녕 행여 지나가는 사람과 부딪치진 않을까 부들부들 떠는 수준이긴 하다.

자전거 대여는 경제적이다. 필요할 때 자유롭게 탈 수

---

* 서울시 공공 자전거 대여 서비스.

있고, 탄 만큼만 돈을 내면 된다. 하지만 접근성이 매번 좋지는 않아서 자전거를 타기 위해 멀리까지 걸어가는 수고를 해야 할 때도 많다. 그 와중에 자전거 실력이 점점 늘자 더 먼 곳으로 나가고 싶은 욕망이 커지고, 특히 자동차를 계약하고 나니 꿈은 더욱 구체화되었다. 자동차에 접이식 자전거를 싣고, 강원도에 가서 자전거를 타는 꿈.

"자동차 나오면 자전거 사러 가자!"

"그럼 우리 이거 예물로 할까?"

2021.10
원데이 공주님

결혼식장에 들어서기 전에 해야 하는 건 무궁무진하다. 앞서 말한 예단과 예물이 있고, 함팔이도 있다. 당연히 해야 되는 일들을 당연히 안 하는 쪽으로 옮겨 놓고 저울질을 해 본다. 무엇을 하고 싶은가?

결혼반지와 더불어 포기할 수 없는 또 한 가지는 웨딩 촬영이었다. 우리만의 남다른 결혼을 추구한다 해도 결혼이라고 하면 웨딩드레스와 턱시도가 떠오르는 건 어쩔 수 없다. 결혼식은 안 해도 이 시기에만 풍기는 설렘과 긴장감을 언제든 꺼내 볼 수 있게 고이 갈무리하기로 했다.

스튜디오 안에서 신부를 떠받들 듯 신랑이 구두를 신겨

주고, 무릎을 꿇는 식의 사진은 취향과 멀었다. 웨딩 사진 레퍼런스를 찾아보다가 몇 년 전 친구가 제주도에서 찍은 사진이 떠올랐다. 과한 감정 없는 자연스러움이 좋아 당장 결혼 계획은 없지만 스튜디오 이름을 메모장에 적어두었다.

여러 옵션을 꼼꼼히 비교하기보다는 한 곳에 꽂히면 경주마가 되어버리는 탓에 다른 업체들은 알아보지도 않고 문자를 보내 촬영을 예약했다. 속전속결로 제주도행 비행기 티켓까지 구매한 뒤 셀카 모드로 푸석한 얼굴을 체크해본다. 공주님 코스프레를 할 수 있는 기회는 흔치 않다. 꾸밀 일 없는 평범한 직장인은 카메라 너머 상상의 거울을 통해 풀 세팅으로 꾸며질 신데렐라를 그려본다.

꾸준한 운동과 적절한 식단으로 유지어터의 삶을 살고 있었지만, 코로나 시기를 거치며 몸무게가 조금은 불어나 있었다. 평생 남을 사진이니 예의상 다이어트를 할 수밖에 없었다. 촬영 82일 전부터 아침, 점심, 저녁 식사를 열심히 기록했다. 건강한 탄수화물과 단백질, 식이섬유로 아침을 잘 챙겨 먹고, 점심은 자유식, 저녁에는 약속이 없다면 단백질로만 채웠다. 웨이트 운동도 하며 약 2.4kg을 감량하고 제주도로 향하는 비행기에 올랐다.

촬영은 제주도 도착 다음 날에 예정되어 있었는데 날씨가 심상치 않았다. 어디를 여행하든 날씨가 좋아 날씨 요정과 함께한다는 자부심 있었다. (그 흉흉하다는 런던에 두 번을 갔지만 비 한 방울 맞지 않았다.) 그런데 하필이면 제주도에 거센 비가 내렸고, 다음 날 예보도 희망적이지 않았다. 발을 동동 구르며 제주도는 크니까 비가 내리지 않는 지역으로 잘 찾아다니면 될 거라 스스로를 달랬다.

호텔에서 어두침침한 창밖과 휴대폰에 띄운 일기예보를 번갈아 보고 있는데 촬영 작가님께 문자가 왔다. 내일모레는 날씨가 좋을 테니 하루만 미루자는 제안이었다. 뒤의 일정이 틀어지기는 했지만, 걱정의 고리가 끊어지자 금세 감정의 바다가 잔잔해졌다.

비행기 결항으로 날씨 요정은 하루 늦게 제주도에 도착했고, 다행히 작가님 말대로 다음 날에는 사진을 남길 수 있었다. 난생처음 해보는 신부 화장과 반묶음 머리에 화려하게 수 놓인 생화 장식. 어둠이 깊게 내려앉은 숲에서는 요정 같이 퍼지는 드레스, 동화 속 세상 같은 코스모스밭에서는 우아하고 부드럽게 떨어지는 드레스, 마지막으로 웅장한 현무암 절벽 앞으로 펼쳐진 드넓은 해변에서는 실루엣이 드러나는 머메이드 드레스를 입었다. 총 세 벌의 드레스와 세 개의 부케, 세 개의 머리 장식으로 몇 시간이지만 신데렐라가 되어봤다.

블로그에서 사진만 보고 고른 드레스는 막상 촬영할 때 입어 보니 내 몸에 꽤 컸다. 헬퍼님은 편의점에서 급하게 옷핀을 여러 개 사 오시더니(편의점에 옷핀도 팔다니!), 목적지로 향하는 차 안에서 소매통을 핀으로 줄여 주셨다. 옷핀으로 가봉한 드레스에 조화 부케만 들어도 예쁜데, 웨딩샵에서 전문가의 도움을 받아 고른 드레스를 입으면 얼마나 예쁠지 결혼식도 안 하면서 괜스레 설렜다. 이 맛에 결혼식 하나보다 하며 사색에 잠기다 보니 어느새 마지막 장소에 도착했다.

작가님의 능숙한 지시에 따라 비련의 여주인공이 되고, 해피엔딩을 맞은 여주인공도 되어 보다가 '찰칵' 마지막 셔터 소리와 함께 마법이 끝나 현실로 돌아왔다. 방금까지 뭐만 해도 여신 같다고 치켜세워 주시던 작가님과 잔금 정산, 사진 보정을 논의하고 자동차 뒷좌석에서 몸을 구기며 드레스를 벗었다. 또 공주 놀이를 할 날이 없겠지… 호텔로 돌아가는 현대인의 호박마차 렌터카에서 창밖으로 아쉬움을 날려 보내며 드레스에 작별을 고했다. 그리운 잠옷아 곧 보자!

2021.11
P형 인간의 결혼 준비

"MBTI가 뭐예요?"

순간 달아오르는 열풍인 줄 알았던 MBTI는 이제 타인을 이해하는 방법으로, 그리고 하나의 문화로 자리 잡은 듯하다. 취미나 취향을 궁금해하기도 전에 MBTI를 묻는 것이 어색하지 않으니 말이다.

한 달 전부터 만날 약속을 잡고 캘린더를 보내주는 J 친구들은 의아해하겠지만 나는 나름 J(계획형이라 알려져 있음) 성향의 P(무계획형이라 알려져 있음)이다. 먹을 거에 워낙 진심이라 주말의 먹플랜을 세우다가 어쩌면 J일지도 모르겠다는 설렘으로 검사를 해보면 "아니야~ 돌아가~"라며

P를 뱉는 결과지.

끈끈하게 붙어버린 P의 기질은 온갖 대소사에서 발현되는데 결혼 준비에서도 그랬다. '결혼식을 아예 생략할까? 아니면 작게 결혼 세리머니를 할까?'하는 고민은 끝까지 미뤄둔 일이었다. 결혼을 두 달여 앞두고도 결정하지 못했는데 어떻게 될지 모르니까 웨딩드레스를 하나 준비해 둬야겠다는 결론에 이르렀다. '오늘 결혼했다.'고 할 날에 집 거실이나 어느 호텔에서든 드레스를 입고 사진으로 남겨 두고 싶었다. 비록 하객이 아무도 없을지언정.

유명 디자이너의 고급 웨딩드레스는 아니지만 다양한 스타일의 드레스를 입어보고 저렴한 가격에 구매할 수 있는 곳이 있어 데이트 겸 드레스 투어를 떠났다. 셀프 웨딩 촬영을 하는 커플들이 늘면서 합리적인 드레스에 대한 수요도 증가한 것 같다.

양옆에서 도우미분들이 드레스 입는 걸 도와주시고, 커튼을 열면 수줍은 신부가 단아하게 등장하는 판타지는 찾아볼 수 없는 곳이었다. 딱 한 사람만 들어갈 수 있는 규모에 커튼으로 구분된 간이 탈의실에서 스스로 옷을 갈아입고, 발에 맞지도 않는 구두를 신고 절뚝절뚝 걸어 나왔다. 코로나19로 실내에서 마스크를 벗을 수 없었는데, KF94 마스크를 단단히 쓰고 웨딩드레스를 입은 거울 속 모습이 이질적이어서 웃음이 새어 나왔다. 메이크업과 머리도 당연히 준비하지 않아 자기주장 강한 단발머리 한쪽이 밖으로 뻗쳐 있었다.

거짓 리액션과는 거리가 먼 T형 인간 팽이에게 드레스 입은 예비 신부의 모습을 보고 감격하는 리액션은 애초에 기대하지도 않았다. 드레스를 입고 탈의실에서 씩씩하게 걸어 나가는 아주 짧은 몇 초 사이 팽이의 표정만 봐도 마음에 드는지 안 드는지 눈에 뻔히 보이는 게 참 그다웠고, 서운해하지 않는 나는 참 나다웠다. 우리다운 모먼트.

블로그에서 보고 찜해놨던 드레스와 추천해 주신 드레스까지 아홉 벌을 신중하게 입어보았다. 드라마 제목에서 따온 '브리저튼' 드레스를 입으니 악몽을 꾸고 잠옷 바람으로 곰 인형을 들고나온 어린애 같았고, 청담동 며느리가 떠오르는 고급스러운 실크 드레스는 밋밋한 내 얼굴과 대조를 이루며 그저 엄마 옷을 입은 볼품없는 잿빛 인간으로 만들었다. 빈틈없이 쫙 달라붙어 몸매가 드러나는 레이스 드레스와 치마 라인이 차르르 부드럽게 떨어지는 백색 드레스가 이상형 월드컵 결승에서 맞붙었고, 고심 끝에 후자가 계산대에 올랐다. 제주도 웨딩 촬영 때 코스모스밭에서 입었던 드레스와 라인이 비슷해서인지 동화 같던 장면이 새록새록 떠올랐다.

일단 사긴 했는데, 이 드레스를 언제 어디서 입게 될까? 그날은 부모님들을 집에 모시고 조촐한 식사를 대접하게 될까, 아니면 허니문 가서 입게 될까? 아직 계획은 없지만 일단 사고 보는 P형 인간! 드레스 하나 정도 있으면 언젠가는 써먹겠지?

2021.11
선 결혼, 후 상견례

2020년부터 코로나19라는 질병과 오랜 기간 싸웠다. 하루가 다르게 확진자 수가 폭발적으로 증가하고, 거기에 따라 정책도 하루아침에 바뀌는 다사다난한 시기였다. 이제는 코로나가 감기의 한 종류가 되어버려서 코로나인지도 모른 채로 평범하게 일상생활을 하고 있지만 말이다.

결혼을 앞둔 예비부부들은 코로나 관련 뉴스에 일희일비할 수밖에 없었다. 결혼식을 미루거나, 예식장과 맺은 불합리한 계약 관계에 눈물 흘리는 커플들이 잇달아 보였다. 우리야 결혼식을 하지 않아서 피해가 크지 않았지만 그렇다고 마냥 순탄하게 흐르지도 않았다. 특히 발목을 잡았던 것은 'N인 이상 집합 금지 규정*'이었다.

　이혼하신 나의 부모님에 맞춰 상견례는 두 번 예정되어 있었다. 엄마와 시댁 간의 상견례는 별 탈 없었다. 양가의 만남을 기념하기 위해 멋들어진 서양란 화분을 두 개 준비했고, '새로운 가족의 탄생을 기념하며'라는 메시지가 적힌 작은 팻말을 꽂았다. 상견례 장소로 천안의 한 유명한 한정식당, 원앙 한 쌍이 놓인 식탁에 둘러앉아 화기애애하면서도 긴장감이 도는 시간을 함께했다. 조금이라도 대화가 요점에서 멀어지면 이를 조율하느라 진땀이 나서 식탁 위 음식은 눈에 들어오지 않았다. 그래도 이 상견례는 얼마 뒤, 아빠와 시댁 간 상견례에 비하면 괜찮은 편이었다.

　그 사이에 코로나 대응 수칙이 변경되어 5인 이상 집합금지 규정이 생긴 바람에 상견례가 무기한 연기되었다. 시간은 속절없이 흐르고, '우리 결혼한다'고 선언한 날까지도 아빠와 시부모님은 서로를 만나지 못해 난데없이 상견

---

*　코로나19의 확산을 막기 위해 특정 인원수 이상 모임을 금지한다.

례 없는 결혼을 하게 되었다. 미국 드라마를 보면 사랑에 빠진 어느 커플이 충동적으로 결혼을 하는 장면을 종종 보게 되는데 똑같지는 않지만 비슷한 상황에 놓이게 되었다. 여기 미국이 아니라 한국인데? 결혼식을 하지 않을 수 있었던 것, 상견례 없이 결혼할 수 있었던 것 모두 양가 부모님이 특별한 덕분이라 감사하다. 그리고 거기에서 나온 우리도 특별하기에 여기까지 오게 된 거라고 생각한다.

여기서 끝이 아니다. 두 달 후면 괜찮아질 거라는 믿음으로 상견례를 2022년 3월로 미뤘는데 하필이면 상견례 전날, 내가 코로나에 걸려버려 긴급 취소되었다. 꽃 농사를 지으시는 시부모님은 봄부터 가을까지 너무 바쁘셔서 결국 아빠와 시댁 간의 상견례는 2022년 10월, 결혼 후 9개월이 지나서야 극적으로 성사되었다. 이러다 길에서 마주치면 누군지도 모르고 멱살 잡고 싸우는 거 아니냐는 자조 섞인 농담과 보낸 초조한 9개월이었다.

결혼 과정 중 가장 큰 산은 상견례라고 한다. 당사자 둘이 준비해도 의견이 달라 싸움이 나고 파혼까지도 간다는

데, 최소 두 명에서 최대 네 명, 많으면 3촌에 4촌까지 결혼 전쟁에 참전하면 와글와글 끓을 수밖에 없다. "내 아들, 딸"에서 시작한 대화의 불씨가 "우리 집안"까지 한순간에 번진다. 금쪽같은 자녀와 역사 깊은 집안의 가치를 수치화해서 선을 그은 다음, 말 한마디부터 주고받는 선물이 선에 미치는지 레이더를 곤두세우고 체크하는 일을 상견례의 목표로 삼으면 고달파진다. 부족하면 부아가 치밀고, 넘치면 불편하다.

성사까지 쉽지 않은 두 번째 상견례였지만, 이미 결혼을 한 이후라 며느리 또는 사위와 친밀감이 쌓인 상태로 양가가 만나니 훨씬 자연스러웠다는 점이 긍정적이었다. 상견례로 유명한 식당 대신 시댁 식구들과 자주 가던 향토 음식점에서 식사를 하고, 웅장한 카페 대신 시부모님의 비닐하우스에 앉아 믹스커피를 두고 두런두런 이야기를 나누었다. 결혼 후에야 인사를 드린다는 머쓱한 인사말로 문을 열었지만, 서로를 재는 계산이나 눈치 싸움이 필요 없었다. 어쩔 수 없었던 상황에 대한 너그러운 이해가 앞서니 문제 삼을 일도 기분 나쁠 일도 없었다. 그렇게 약 1년 장기 프로젝트 끝에 상견례가 마무리되며 새로운 가족이 비로소 탄생했다.

2021.11
그래서 뭘 안 한다고?

"나 결혼해!"

"오 대박! 축하해!!! 언제?"

"근데 결혼식은 안 하기로 했어."

"왜?"

결혼식을 안 한다고 말하면 돌아오는 공통적인 반응은 궁금함이다. 그저 이유를 듣고 싶은 순수한 궁금함도 있고, 이해되지 않는다는 의아함이 섞인 궁금함도 있다. 노웨딩을 선택하게 된 이유를 설명하기는 의외로 까다로웠다.

"결혼식 봐봐. 다 똑같잖아. 공장 같은 데다가, 돈도 많이 들고 에너지도 많이 들어. 그런 결혼식은 하기 싫더라. 차라리 결혼식 안 하고 신혼여행지로 훌쩍 떠나는 게 더 낭만적이지 않아?"

필터를 거치지 않은 솔직한 답변은 이렇다. 하지만 차마 입 밖으로 꺼낼 수 없었는데 일반적인 결혼식을 했거나 할 예정인 사람들의 방식을 부정하고 싶지 않았기 때문이다. 기존 결혼식이 마음에 안 드는 건 내 취향일 뿐이고, 노웨딩이건 아니건 존중받아 마땅하다는 게 기본 전제였다. 어쩌면 극소수인 노웨딩파가 취할 수밖에 없는 유일한 생존 전략이려나? 여하튼 앞에 말은 다 잘라 내고 13음절로 축약해 버렸다.

"결혼식을 안 하는 게 로망이었어!"

'결혼식=모든 여자의 로망'이라는 뿌리 깊은 공식을 미약하게 흔드는 정반대 공식. 모두가 지구를 중심으로 우주가 돈다고 믿을 때, 태양을 중심으로 지구가 돈다고 주장한 외로운 코페르니쿠스에 잠시나마 감정을 이입해 본다. 결혼식을 안 하는 이유를 설명해야 할 때는 떳떳함보다는 피하고 싶은 감정이 컸다. 어떻게든 빠르게 대화를 마무리하려 했다. 새로운 개념을 세상에 소개할 때일수록 구체적인 부연 설명과 확실한 논리가 필요한 법인데, 두루뭉술하게 말해도 듣는 사람들이 찰떡같이 알아듣기를 바랐다. 또 누군가에게는 코로나19를 들먹이며 '코로나 때문'이라는 핑계를 대기도 했다. (코로나19: 저요?) 왜 그랬을까?

겁이 났다. 신부나 신랑 집안에 큰 오점이 있어 결혼식을 안 한다고, 도둑 결혼을 한다고 평가받을까 봐 솔직히 두려웠다. 실제로 그런 것은 아니었고, 그렇게 생각한 사람도 없었는데 나도 참 한심했다. 노웨딩을 부끄러워했던 것이 부끄럽고, 노웨딩 선배(?)로서 후배들에게 좋은 길을 닦아 주지 못해 미안하기도 하다.

어떤 결혼식을 할지 오랜 시간 고민해 봤어. 특별하고 싶었거든. 큰 공간을 빌려서 파티하는 것도 고려해 봤는데 내 성격에 너무 귀찮아서 잘 못할 것 같더라. 그러다가 노웨딩까지 가게 됐어. 남편이랑 혼인신고하고, 신혼여행 즐기러 인천 공항으로 훌쩍 떠나는 게 낭만적으로 느껴지더라? 뭔가 혹독한 세상이 돌을 던지는데 사랑의 힘으로 단 둘이 훌쩍 떠나버리는 비련의 주인공들 같기도 하고… 그리고 다른 사람들 신경 안 쓰고 서로에게만 집중할 수 있잖아.

다시 돌아간다면 이렇게 당당히 말하고 싶다. 노웨딩이라는 개념이 너무 생소해서 그랬는지, 전달 능력이 부족한 때문인지 대부분은 결혼식을 안 한다는 개념을 단박에 받아들이기 어려워하는 눈치였다. '뭐래? 웬 쿨 병?'이라고 했을 수도 있다. 그래도 따뜻한 지인들은 어떻게든 이해해 보려 그 짧은 시간에 본인의 경험과 평소 가졌던 견해를 재료로 노웨딩을 시뮬레이션해 보는 듯했다.

이미 결혼식을 했지만 그 과정이 순탄치 않았거나 불필요하다고 느꼈던 친구들은 좋은 선택이라고 했고, 결혼식이란 축제에 참석하고 싶었던 친구들은 아쉽다고 했다. 언젠가 남들처럼 결혼식을 하고 싶은 친구는 끝끝내 이해를 못 하기도 했다. 저마다 어떻게 판단하든, 실제로 공감했든 아니든 결국 고개를 끄덕여주었다. 특히 친절한 친구 주연이의 말이 기억에 남는다.

과감한 선택이 다혜스럽고 뜻이 맞는 남편 잘 만난 거 같아서 좋다.

이 한 문장이 얼마나 큰 힘이 되었는지 모른다. 소심이가 고개를 빼꼼히 들고 감정 콘솔을 잡을라 칠 때마다 곱씹으며 멘털을 단단히 했다.

결혼식장, 스드메 준비가 필요 없는 노웨딩. 이렇게 몸이 편한 노웨딩의 유일한 어려움이자 과정 내내 받게 되는 요구사항은 노웨딩이 무엇인지, 왜 노웨딩인지 설명하는 일이다. 말로 때울 수 있으니 쉬워 보이지만 100% 이상의 확고한 신념이 없으면 흔들리기 쉽다. 노웨딩에 대해 스스로가 충분히 납득할 수 있는 신념이 묵직하게 자리 잡아야 아무렇지 않게 나아갈 수 있다. 일반적이지 않은 방향으로 걷는 일이란 쉽지 않으니까.

유감스럽게도 주위에 응원해 주는 사람만 있을 수는 없다. 이해 안 간다는 눈빛은 진라면 순한 맛에 불과하다. 결혼식은 무조건 해야 한다는 신라면 급의 잔소리, 이렇게까지 해야 하나 상상 이상의 핵 불닭볶음면 급 반응까지 매운 맛의 타격이 끊임없다. 다 포기하고 젓가락을 집어 던지고 싶지만, 달콤한 응원의 말을 한 잔 들이켜 불을 끄고 다시 젓가락을 단단히 잡아 본다. 뭐 잘못한 거 있어? 긴장하지 말고. 여유 있게!

"그럼 결혼식 때 보자~"

"결혼식 안 한다니까!!"

노웨딩 반응
보관소

식은 아예 안 해?

그러다 나중에 후회해~

결혼식 안 하는 거 괜찮은 거 같아.

내 주위에 OOO도 식 안 했어.

요즘 결혼 문화가 많이 바뀌고 있네.

축의금은 어떻게 드리면 되나요?

요즘 시국에 현명한 선택인 것 같다.

잘 생각한 것 같아요. 결혼 준비 너무 힘듦.

아쉽지만 좋은 것 같다. 결혼식 오그리토그리

양가 부모님과 뜻이 맞아 다행!

신여성!

아쉽겠다…

대단해!

과감한 선택이 다혜스럽고 뜻이 맞는 남편 잘 만난

거 같아서 좋다.

2022.01
후퇴! 벙커로!

평소 새해가 밝아도 큰 감흥이 없어 심드렁했지만, 2022년을 맞이할 때는 달랐다. 2021년의 마지막 해가 지는 노을을 바라보며 앞으로 펼쳐질 결혼 생활이 행복할지, 결혼 전과 크게 다를 게 없을지, 7년이나 알고 지낸 사람인데 그동안 몰랐던 면을 발견하여 실망할지 잡념이 올라왔지만 부딪혀 보기 전엔 알 수 없었다.

새해 초에는 새로운 터전을 정리하느라 바빴다. 인천에서 태어나 대학생 이후로는 서울에서 더 많은 시간을 보낸 내가 서울로 온 충청도 출신 남편과 경기도 성남에 둥지를 트는 미래를, 연애가 하고 싶었던 스무 살의 내가 예상이나 했을까?

　5년간 풀옵션 원룸에서 1인 가구로 살면서 최소한의 짐만 보유한 반강제 미니멀리스트가 된 나에게 아파트는 화려한 공연을 기다리는 텅 빈 무대 같았다. 혼자였으면 절대 구매하지 않았을 대형 TV, 양문형 냉장고, 건조기, 스타일러, 로봇 청소기, 와인 냉장고 등등 가전제품이 집 안 구석구석에 자리 잡으며 밀도를 채워 나갔다. 원룸에서는 침대에 누워있거나 바닥에 앉아 있곤 했는데, 신혼집에는 남편과 함께 앉고 비좁지만 누울 수도 있는 초록색 벨벳 소파를 TV 앞에 배치하며 가정집다움이 1 추가되었다.

　가장 많이 신경쓴 건 식탁이다. 식사 시간은 각자의 전쟁터에서 장렬하게 싸우고 의기양양 또는 의기소침하게 돌아온 가족 구성원들이 모이는 때다. 서로를 위로하고, 때론 축하도 하면서 다음날 몸을 일으킬 힘을 쌓는 아늑한 시간이 되기를 바랐다.

　기다랗고 네모난 식탁보다는 보드게임을 하듯 두런두런 둘러앉아 모두의 얼굴을 바라볼 수 있는 원형 식탁을 고

집했다. 재질은 세라믹이 아닌 목재여야만 했는데, 밥을 먹으러 앉았을 때 세라믹이 주는 차가운 촉감은 가슴을 얼리고, 목재가 주는 부드러움은 가슴을 녹인다는 뇌피셜 때문이었다. 그렇기에 관리가 쉽더라도 접시를 내려놓을 때마다 깡깡 소리가 나는 세라믹은 애초에 옵션에서 제외했다.

드림카는 없어도 이런저런 조건에 들어맞는 드림 식탁은 있었지만 예산을 훌쩍 넘어섰다. 약간 오버해서라도 구매할까 싶었지만 시작은 간소하게 하고, 몇 년 살다가 바꾸자고 팽이와 얘기하며 언젠간 해결해야 하는 팀 과제로 남겨뒀다. 발품을 팔아 조건을 만족하면서, 크기도 넉넉하고, 예산에 들어오는 식탁을 어렵사리 찾을 수 있었다. 배송 오류로 설치 기사님이 세 번이나 방문하는 분노의 상황이 발생하긴 했지만, 결과적으로 집에 방문하는 사람들에게 가장 칭찬을 많이 받는 공간이라 뿌듯하다.

《효리네 민박》이라는 프로그램으로 이효리·이상순 부부의 집을 엿보면서 나름대로 세운 인테리어 철칙은 하얗지 않을 것! 사람 사는 냄새를 진하게 풍기고 싶어 순백의 깨끗함보다는 다양한 컬러를 추가했다. 내 집이 아니니 어쩔 수 없이 소품으로 만족하는 수밖에 없었지만 말이다. 집 안 곳곳에 색감을 심어 색깔 맛집으로 공간을 진화시켰다. 침대는 각각 다른 브랜드에서 구매한 남색 체크 매트리스 커버, 머스터드색 이불, 진한 연두색 베개, 무지개색 라인 베개로 꾸몄는데, 너무 다르지만 의외의 조화를 이루며 지친 심신을 안아준다.

원룸에서 갖고 온 소박한 짐에 맞춰 텅 빈 여백의 미를 자랑했던 신혼집은 시간이 흐를수록 규모에 걸맞게 짐이 늘었다. 입주했을 때처럼 깔끔한 맛은 없지만 부부의 삶이 묻어나는 집으로 매년, 아니 매일 변한다. 가끔은 정리되지 않은 채로 쌓여 있는 물건들에 눈살 찌푸리면서 '내일…'을 중얼거리지만, 우리의 라이프스타일과 성격을 여실히 보여주는 자연스러움이 편할 때가 더 많다. 조금은 지저분해도 괜찮으니 일단 쉬라고 위로해 주는 집에서 오늘도 내일의 전쟁을 준비한다.

☆
노웨딩

2021.12
노웨딩족의 택일 공식

"결혼식을 안 하면 결혼 날짜는 언제야?"

회사의 친한 동료분께서 물으셨다. 평소 존경하는 인생 선배다운 날카로운 질문이었다. 결혼 날짜가 있어야 결혼 기념일도 있을 테니 말이다. 따져 보니 결혼 날짜로 삼을 만한 날은 두 가지였다. 혼인 신고한 날과 결혼식을 연 날. 혼인 신고를 한 날은 법적으로 부부가 된 날이고, 결혼식을 연 날은 초대받은 증인들 앞에서 결혼을 선언한 날이다. 이 가운데 결혼 날짜는 주로 결혼식 날로 정한다고 한다.

결혼식을 하지 않은 우리에게 남은 선택지는 혼인신고 하는 날 뿐이었다. 주택 청약을 위해 전략적으로 혼인신고를 하지 않는 커플도 많다며, 혼인신고를 굳이 빨리할 필요는 없다고 조언을 많이 들었다. 솔깃한 이야기지만 결혼식도 안 하는데 혼인신고까지 안 하면 이게 결혼인지, 그저 하우스 메이트가 생기는 것인지 헷갈릴 것 같아 여러 혜택을 포기해서라도 혼인신고를 하기로 했고, 이날을 결혼기념일로 삼기로 했다.

마침 신혼집 바로 옆에 구청이 있어서 혼인신고는 10분 만에 가능했다. 재택근무를 하다가 점심시간에 잠깐 나가서 할 수도 있었고, 평소보다 조금 일찍 일어나 산책 겸 다녀올 수도 있었기에 날짜를 결혼식장에 맞추지 않고 우리가 원하는 날짜로 정할 수 있었다.

신혼집으로 이사는 2021년 12월, 신혼여행은 1월 중으로 예정되어 있어서 그 사이 어느 날 혼인신고를 하기로 했다. 신혼여행지는 하와이였다. 하와이와 우리나라 사이에는 날짜 변경선이 있다. 시차는 19시간. 만약 1일 밤에 인천에서 호놀룰루로 가는 비행기를 타면, 약 7시간 뒤 호놀룰루 공항에 1일 아침에 도착하는 도깨비 도로처럼 신기한 구간이다. 한국에서 저녁까지 보내고 하와이에 가면 다시 아침이 되어있는 것이다! 하루를 두 번 사는 기분이랄까? (물론 하와이에서 한국으로 오는 날은 하루가 삭제되는 반대의 마법을 경험할 수 있다.)

옛날 옛적 누군가가 정해 놓은 시간과 날짜 개념으로 생겨난 트릭 아닌 트릭을 활용해 보기로 했다. 혼인신고를 하고, 한국에서 밤까지 놀다가 비행기를 타고 하와이에 가서 같은 날 아침을 다시 맞이한다면? 하루가 24시간이 넘는 기나긴 혼인신고일이 된다! 우리는 결혼 선물로 가치를 매길 수 없는 시간을 받기로 하고, 결혼 날짜이자 혼인신고 하는 날에 하와이로 가는 비행기를 타기로 정했다. 하와이에 언제 갈지 정하는 일은 간단해 보이지만 따질 게 많았다.

○ 첫째, 설 연휴와 붙여서 길게 쉴 수 있으면서

○ 둘째, 항공권이 저렴하고

○ 셋째, 결혼기념일이 설날과 겹치면 아쉬우니까 향후 몇십 년간 설 연휴에 포함되지 않는 날.

이 세 가지 조건을 따져 결혼기념일이자 혼인신고 하는 날이며, 신혼여행 가는 날을 1월 19일로 정했다. 그렇게 해서 우리는 한국과 하와이에서 2022년 1월 19일을 두 번 보내게 되었다. 결혼 날짜를 이렇게 정하는 예비부부가 또 있을까?

2021.12
결혼 알림장

결혼식이 가까워지면 청첩장 모임이라는 오르막을 만나게 된다. 겸사겸사 오랜만에 만나는 지인들과 식사하며 멋쩍게 나눠주는 청첩장을 통해 결혼 소식을 알리고, 받는 사람들은 청첩장 디자인과 정성스러운 글귀를 읽어보며 궁금했던 연애사를 물을 수 있어 자연스러운 수단이다. 하지만 결혼식을 하지 않는 우리는 청첩장이 필요하지 않았다. 당연하게도 사람들을 초대할 장소와 시간이 없기에 몇 월 며칠 몇 시에 어디로 오라는 안내가 무의미하기 때문이다.

그래도 가끔은 '청첩장이 있으면 좋겠는데…'하는 생각이 들고는 했다. 결혼 소식을 전하면서 "저 결혼해요. 근데 결혼식은 안 해요. 축의금은 필요 없고요."하고 매번 설명하기가 번거로웠기 때문이다. 결혼 소식을 알릴 겸 노웨딩 가치관도 설명할 수 있는 매체로 청첩장을 활용해 영혼 없이 구구절절 반복하는 말을 아낄 필요가 있었다.

결혼식을 안 하는 다른 사람들은 어떻게 결혼을 알리고 있는지 온갖 포털과 유튜브, 소셜 미디어를 탈탈 털어낸 결과 '결혼 알림장'을 알게 되었다. 결혼 알림장은 청첩장과 생김새는 똑같지만, 초대 목적이 아니라 결혼한다고 알리는 데 쓰였다. 그래서 우리도 결혼 알림장 제작에 착수했다.

결혼식을 안 하니까 굳이 알림장 디자인에 시간을 들일 필요 없이 전문 업체에 맡길 수도 있었다. 하지만 업체가 미리 만들어 놓고 누구라도 고를 수 있는 디자인보다는 세상에 하나뿐인, 그리고 우리가 담긴 디자인이 남들과는 다른 우리의 결혼 방식을 더 잘 표현해 주리라 믿었다.

일러스트에 일가견이 있는 친구 다은이에게 결혼 알림장 커버 그림을 부탁하자 고맙게도 흔쾌히 수락해 주었다. 그동안 다은이가 그렸던 그림 중 몇 개를 골라서 '이런 스타일이면 좋겠다, 그 외에는 전적으로 믿을 테니 자유롭게 해 달라.'고 했다. 하나하나 입맛에 맞춰 디렉팅 할 수도 있지 만, 친구가 나의 결혼을 어떻게 해석하고 표현할지 궁금해 서 최대한 말을 아끼기로 했다. 어떤 선물을 받게 될지 미리 알고 싶지도 않았다.

몇 달 뒤 받은 결혼 알림장 디자인 시안은 기대 이상이 었다. 한가운데에는 턱시도를 입은 팽이와 드레스를 입고 꽃을 꽂은 내가 있고, 결혼을 축하하는 따뜻한 색감의 꽃들 이 우리를 감싸고 있었다. (실제로는 없지만) 다이아몬드 알이 큰 반지가 결혼을 나타내고, 'love'라는 단어가 적절한 위치에 멋지게 흘려 적혀 있었다. 파스텔의 노란색, 연보라 색, 분홍색 그림은 차가운 컴퓨터 그래픽이 아닌 색연필로 꾹꾹 밀도 있게 눌러 그린 느낌이라 더욱 사랑스러웠다. 우 리를 떠올리며 아이템을 골라 하나하나 정성스럽게 그렸을 테니 볼수록 빠져드는 완벽한 알림장이었다.

디자인이 정해졌으니 다음은 글을 쓸 차례였다. 장소, 시간, 약도 등 결혼식 정보를 생략할 수 있으니 지면이 많이 필요하지 않았다. 2단 또는 3단으로 펼치는 구조가 아닌 엽서 형태로 하고, 담고 싶은 말을 최대한 축약하되 의미는 명확히 전달되도록 간단하게 글을 적었다. 몇 문장으로 요지를 날카롭게 담아야 하는 제약 사항을 맞추는 게 얼마나 어려운 일인지… 역시 글 쓰는 사람들은 존경스럽다.

함께 하는 일곱 번째 겨울 결혼합니다.

감사한 분들을 모시고 기쁨을 나누는 것이 도리지만 저희 두 사람의 뜻에 따라 간소하게 서약을 맺고자 합니다. 너그러운 마음으로 먼 곳에서라도 축하와 격려 보내주세요. 늘 기억하며 행복하게 살겠습니다.

2022년 1월 23일 일요일

#결혼기념일(1월 19일)과 알림장의 날짜(1월 23일)가 다른 이유

우리가 정했던 결혼일은 1월 19일 수요일이었다. 직장인의 소중한 연차를 0.5개라도 아끼기 위해 수요일 아침 일찍 구청에 가서 혼인 신고를 하고, 하와이행 비행기는 밤에 있으니 오전에는 재택근무를 하기로 했다. 결혼식을 하지 않으니 결혼 당일에 재택근무를 하고 미팅도 할 수 있지만, 직장 동료들이 의아해할 것 같았다.

'다혜 님은 오늘 결혼한다면서 왜 일 하고 있는 거지?'

결국 남을 지나치게 신경 쓰는 성격 탓에 결혼 알림장에는 일요일인 1월 23일을 적기로 했다. (남 신경 안 쓰고 노웨딩을 하는 자아와 고작 결혼 날짜로 남을 의식하는 자아가 공존한다.) 결혼 알림장에 1월 23일을 써 놓고 무의미하게 보내기는 아쉬우니 1월 19일은 혼인신고 일로 하고, 1월 23일에는 신혼여행지에서 간단하게 세리머니를 하기로 하며 사두었던 드레스를 캐리어에 담았다.

2022.01.19
결혼식 없는 결혼

드디어 디데이. 재택근무 시작 전, 혼인신고를 위해 신혼집 바로 옆에 있는 구청으로 향했다. 구청에 도착한 시각은 정확히 아침 9시. 번호표를 뽑은 시각은 9시 2분. 2022년 1월 19일 <개명, 혼인, 이혼, 사망신고> 창구의 첫 번째 민원인이 되었다.

혼인신고를 위해 필요한 준비물은 혼인신고서다. 여기에는 증인을 작성하는 란이 있다. 우리는 양가 아버지를 증인으로 지정했다. 결혼식에서 진한 포옹을 나누지는 못하지만, 양가 아버지께서 증인이 되어 서명을 해주시면 그것이 곧 축하의 포옹이라 생각했다. 모든 칸이 꼼꼼하게 채워

진 혼인신고서를 당당하게 제출하니, 5분도 채 되지 않아 생판 남이던 나와 팽이는 법적 부부이자 새로운 가족이 되었다. 선물로 태극기도 받았다. (22층인 집 창문에 설치하기가 무서워 아직 한 번도 사용하지 못했다.) 9시에 구청에 갔다가 9시 20분에 집에 돌아온 짧은 여정, 하지만 큰 변화. 나갈 때는 남이었지만 돌아올 때는 부부라는 연으로 묶여 있었다.

밤에는 하와이로 향하는 비행기를 타야 했기에 오후 반차를 쓰기로 했고, 오전에는 아무 일도 없었다는 듯 재택근무를 했다. 여느 때와 다름없이 데일리 미팅으로 문을 열고 업무를 본 하루였다. 그리고 재택근무가 끝날 때쯤 택배가 왔다. 같은 팀 동료 지윤 님이 결혼 축하 선물로 마롱글라세를 보내온 것이다. 하와이로 떠난 뒤에 배달될까 봐 걱정했는데, 적절한 때에 받게 되어 결혼의 달달함을 더해줬다.

점심 식사를 마치고 잠깐 시간을 내 소소한 예물 교환식을 가졌다. 드디어 약 두 달 전에 반지 문신 대신 구매한 결혼반지를 꺼낼 시간! 고급스러운 푸른 박스의 리본을 다시 묶을 일도 없으면서 아까워하며 풀었다. 서로의 네 번째 손가락에 반지를 끼워주며 하고 싶은 말을 하는 즉석 코너를 만들었다. 남편으로서 그리고 아내로서 다짐을 의외로 덤덤히 발표한 뒤 "행복하자!" 하고 희망을 나눴다. (솔직히 뭐라고 했는지 기억이 안 난다.) 결혼식이라면 결혼식이고, 아니라면 아닌 의식으로 우리는 마침내 노웨딩을 해냈다.

그동안 다양한 장소에서 열리는 결혼식에 참석했다. 등굣길 매일 버스를 타고 지나가며 봤던 동네 예식장, 교회, 작은 베뉴, 초호화 호텔… 형식도 다양했다. 남편과 아내, 심지어 부모님의 뛰어난 학식까지 자랑하는 교장선생님 스타일 주례, 1부와 2부로 나뉜 결혼 예배, 주례 없이 10분 만에 끝난 초스피드 예식 등 어디서 어떻게 했던, 집에서 두 시간 동안 지하철을 타고 가서 맛없는 갈비탕을 먹더라도 매번 팔불출처럼 눈물이 찔끔 나왔다.

결혼식의 여러 가지 방식을 객관식 선택지에 둘 수 있다면, ①없음(노웨딩) 도 둘 수 있지 않을까? 결혼 방식이 행복의 크기를 가늠하는 기준이 될 수는 없다. 결혼식 규모가

곧 행복의 척도라면 잠실 주 경기장을 빌리기 위한 티켓팅을 해야 할지도 모른다. 우리는 노웨딩을 추진하기 위해 결혼식 문화에 대한 솔직한 뜻을 나누고, 실천하기 위해 똘똘 뭉쳤다. 그 결실로 '앞으로도 소신껏 잘 해낼 수 있다.'며 얻은 용기는 기나긴 결혼 생활에 온기를 유지하는 땔감이 되었다.

굳이 노웨딩이 아니어도 진정 부부가 좋아하는 결혼식을 그려보고 작게나마 닿는 데까지 실행해 보는 용기가 당연해지길. 그리고 지금보다 다채로운 결혼 문화들이 평화롭게 공존하길.

2022.01.19
눕코노미

코로나 시국에 해외여행은 쉽지 않았다. 쉽지 않은 정도
가 아니다. 겁나 어렵다. 그나마 나와 팽이가 다니는 회사는
코로나바이러스로 재택근무 중이었고, 자유롭게 휴가를 쓸
수 있어 귀국 후 자가격리를 하는 데에 문제가 없었다. 그럼
에도 지금 해외를 가는 게 맞는지 한동안 갈팡질팡했다. 두
달 후엔 나아질까? 세 달 후엔 괜찮지 않을까? 신혼여행을
미루는 방안도 검토했지만 지난 2년간 바이러스는 꾸준히
예상하지 못했던 방향으로 생활에 영향을 미쳤다. 상황이
나아지리라는 보장이 없었기 때문에 결혼에 맞춰 신혼여행
을 강행하기로 결심했다.

해외여행의 길이 아예 막히지는 않았지만 절차가 꽤 복잡했다. 백신 접종 기록은 기본, 한국에서 PCR 검사를 받은 후 음성임을 인정받아야 해외로 가는 국제선에 오를 수 있었고, 해외에서 한국으로 돌아올 때도 해당 국가에서 받은 PCR 음성 결과지가 필요했다. 그렇게 돌아온 후에 공항에서 집까지는 무조건 방역 버스 혹은 방역 택시를 타야 했다. 귀국 후 일주일 동안 집에서 자가격리를 하고, 6일 차 되는 날에는 보건소에서 마지막으로 PCR 검사를 받아야 하는 노력도 노력이지만 금액도 부담스러웠다. 신혼여행이 아니었으면 엄두도 내지 않았을 거다. 그야말로 '인생에 단 한 번'이라는 핑계를 이용할 타이밍!

코로나바이러스가 중국 우한에서 처음 발병했던 시기에 절묘하게 다녀온 태국 여행 이후로 2년 만에 해외에 나가는 설렘과 걱정을 큼직한 캐리어 두 개에 눌러 담고 공항버스를 타기 위해 지하철역으로 향했다. 며칠 전 내린 눈이 길에 여전히 쌓여 있어 끙끙 조심스럽게 걸어갔다. 바이러스와 눈의 저항을 받으며 캐리어를 끌고 가는 것만으로 죄인이 된 기분이었다. 사람들이 우리를 불편하게 쳐다볼지, 부럽게 쳐다볼지 문득 궁금하기도 했다.

여행 수요가 바닥으로 뚝 떨어져 공항버스 운행이 하루 약 3~4편으로 축소되었지만 운 좋게 비행시간에 맞는 버스가 있었다. 예상대로 승객이 없는 버스를 타고 쓸쓸하게 인천공항 제2 터미널에 다다랐을 무렵, 항공사로부터 문자 한 통이 날아왔다. 하와이에서 한국으로 돌아오는 비행 편이 취소되었으니 다음 날 비행기를 타라고 한다. '이게 아닌데?' 불안감은 점점 불어났다.

늘 여행객들로 붐비고 정신없던 공항은 좀비 떼가 휩쓸고 간 듯 텅 비어 있어 우리가 유일한 지구상의 생존자가 된 상상을 해봤다. bgm 없는 면세점은 고요한 데다가 전광판은 보는 사람도 없는데 광고가 상영되고 있어 더 을씨년스러웠다. 영화 《블레이드 러너》가 떠오르는 장면이었다. 낯선 공항의 분위기에 짓눌려 '내가 괜한 짓을 했구나.' 하는 내면의 목소리가 맴돌았다.

손님 없는 면세점에서 단 몇십분 VIP 행색을 하며 여유롭게 구경하고 카드도 긁었지만 여전히 뒤숭숭한 채로 비행기에 탑승했다. 하와이로 가는 비행기는 272석을 보유한 Airbus A330 기종이었는데, 정확히 세어 보지는 않았지만 약 10~20명 정도의 승객이 타지 않았을까 싶다. 한 줄에 한 명도 없는 정도였다. 비행 편을 운행하는 항공사가 밑지는 장사를 하는 게 아닌가 하는 쓸데없는 걱정이 들었다. (오는 비행 편도 취소당했으면서 누가 누굴 걱정하는지…)

몇 안 되는 승객이 모두 타고 비행기가 이륙하자, 승무원께서 다가와 자리가 많으니 원하는 좌석으로 이동해 편안히 누워 가라고 친절하게 안내해 주셨다. 이름하여 눕.코.노.미! 팽이와 나는 기내식이 나올 때에는 옆자리에 붙어 앉아 담소를 나누었고, 피곤할 때는 바로 앞 열로 이동해 이코노미 좌석 세 개에 발 뻗고 누워 가는 호사이자 다시없을 생소한 비행 경험을 하게 되었다. 공항으로 향하는 내내, 아니 여행을 결정한 순간부터 심정은 복잡했지만 그래도 몸은 편했다.

2022년 1월 19일 밤 8시에 인천에서 출발한 우리는 2022

년 1월 19일 아침 8시에 호놀룰루에 도착했다. 하와이의 또 다른 섬 빅 아일랜드로 향하는 비행기로 환승하기 위해 호놀룰루 공항에 몇 시간을 앉아 있는 동안에도 찝찝함은 가시지 않았다. 맑은 바깥과 달리 유난히 어둡게 느껴지는 실내에 돌아다니는 비둘기처럼 힘이 하나도 안 났다.

약 네 시간의 대기 끝에 환승 편을 타고 코나 공항에 도착했고, 바깥 공기를 마시자마자 몇 년 동안 묵은 때를 세차하듯 찝찝함이 신기할 정도로 말끔히 씻어 내려갔다. 믿을 수 없이 새파란 하늘, 불과 몇 시간 전 느꼈던 한국의 추위와 정반대인 온화한 날씨, 쭉쭉 뻗은 푸르른 야자수들, 훌라춤을 추는 동상, 그리고 인천 공항과 달리 전 세계에서 모인 여행객들로 북적이는 공항. 인간은 참 단순하다. 활기찬 분위기에 휩싸이니 그간의 복잡한 감정들이 일순간 사라졌다. 어찌 됐든 인생에 단 한 번인 허니문이자 잊을 수 없는 코로나 시대의 해외여행, 그리고 날짜 변경선이라는 도돌이표를 만나 한 번 더 주어진 1월 19일의 마법을 향유할 기분이 그제야 탑재되었다.

2022.01
코로나 시대의 허니문

    집에 돌아갈 수 있는 조건 단 하나, 코로나에 걸리지 않을 것.

    신혼여행을 떠나기 전, 하루에도 수십 번 하와이의 코로나바이러스 확진자 수를 확인했다. 한국보다 코로나 진행 속도가 빨랐던 하와이는 이미 오미크론 변이가 퍼져서 확진자 수가 많았지만, 코로나를 가벼운 감기 정도로 간주하고 있었다. 실내에서는 마스크 착용이 필수였고 실외에서는 마스크를 착용하지 않아도 괜찮았다. 실내외 막론하고 마스크 착용이 필수인 한국에서 막 하와이에 도착한 우리는 마치 코로나가 종식된 것 같은 생동감 넘치는 도시 분위기에 놀라움 반, 코로나에 걸리기 너무 쉽겠다는 우려가 반이었다.

별 탈 없이 건강하게 집으로 돌아가고 싶었고, 할 수 있는 최선은 몸에 배어 있는 K-방역을 늘 숙지하고 지키는 일이었다. 결벽증 환자처럼 방역 지침을 지키기 위해 언제나 더듬이를 곤두세운 채 코로나 시대의 허니문을 보냈다. 어쩔 수 없이 여행에 제약이 많이 따랐지만 이제는 그 아쉬움도, 제약 안에서 최선을 다한 노력도 웃으며 얘기할 수 있는 추억으로 남았다.

#OOTD의 완성, KF94

마스크가 최고의 백신이라는 말을 되새기며 무더운 날씨에도 불구하고 KF-AD도 아니고, KF80도 아닌, KF94 마스크를 문신 템처럼 착용했다. 사진을 찍을 때나 야외에서 음식을 먹을 때만 아무도 뭐라고 하지 않는데 소심하게 주위를 살피며 마스크를 벗곤 했다.

그러던 중 큰 오점이 생겼다. 빅 아일랜드에는 해저에서

부터 높이를 재면 에베레스트산보다 높다는 마우나케아산이 있다. 워낙 높은 데다가 공기가 깨끗해서 산꼭대기에 유명한 천문대가 있는데 길이 험해 사륜구동 자동차로만 올라갈 수 있다. 과학을 사랑하는 팽이의 뜻으로 빅 아일랜드에 도착하자마자 빌린 큼직한 사륜구동 자동차를 타고 천문대에 오르기 위해 방문자 센터에서 대기하고 있는데, 한 우크라이나 남자가 다가왔다. 실수로 사륜구동 자동차를 못 빌렸다며 태워줄 수 있냐고 물었다. 여행자의 너그러움 때문이었을까? 안쓰럽기도 하고, 어떻게 거절해야 할지 순간 뇌가 정지돼서 얼떨결에 뒷좌석에 그를 태운 채 천문대로 향했다.

"I'm vaccinated!" (나 백신 맞았어!)

그는 백신을 맞았다는 말로 우리를 재차 안심시키려 했지만 마스크를 쓰지 않은 채로 계속 기침을 해댔다. 팽이와 나는 앞 좌석에서 흔들리는 눈빛을 주고받고는 날씨가 좋으니 창문을 열자는 말도 안 되는 변명과 함께 앞뒤 좌석 창문을 활짝 열었지만, 몇 분 후 그는 모래 먼지가 너무 날린다며 창문을 닫아달라고 요청했다.

며칠 뒤, 오아후섬으로 이동했을 때 온몸이 덜덜 떨리며 오한에 시달렸다. 확진자와 동선이 겹치면 알람이 울린다는 아이폰 앱에 시선을 고정한 채로 그날 베푼 호의를 후회했다. 해외 여행지에서 한국 음식을 먹지 않겠다는 철칙을 깨고 근처 편의점으로 겨우 걸어가 2,000원이 넘는 육개장 컵라면을 사 왔다. 뜨거운 물을 붓고 호텔 테라스에서 국물을 허겁지겁 마시니 본 투 비 한국인의 소울이 달래졌다. 다행히 코로나는 아니었고 에어컨이 빵빵한 추운 호텔 탓이었지만 다시 한번 방역 수칙에 경종이 울리며 마스크에 대한 집착이 강해졌다.

오아후의 코코헤드 트래킹을 가는 날이었다. 하와이에서 가장 힘든 트래킹 코스로 손꼽히는 이곳은 태평양 전쟁 때 물자를 나르던 곳으로, 트래킹 시작 시점부터 꼭대기까지 철길이 일자로 깔려 있다. 지금은 사용하지 않아 트래킹 명소가 되었고, 중간에 쉬는 구간 하나 없이 가파른 철길을 계단 삼아 올라가는 특이한 코스다.

천문대 사건 이후로 방역에 대한 예민함이 극에 달하게 되면서 그냥 올라가도 힘든데 KF94 마스크를 쓰고 미련하게 올랐다. 쉬는 도중에도 마스크를 절대 벗지 않았다. 심박수는 170을 찍고, 중간중간 주저앉을 때마다 그만하고 싶은 바람만 들었다. 40분 동안 땅만 보고 형벌을 받는 심정으로 걷다 보니 철길이 아닌 정상의 흙이 발에 밟혔다. 끝을 모르고 펼쳐진 새파란 태평양과 하늘이 만들어 낸 자연의 그러데이션이 시야에 들어왔다. 정상에 선 자만 누릴 수 있는 달콤함을 만끽하면서도 여전히 마스크를 착용하고 있었다.

#소독의 신

언제 어디서나 손 소독을 할 수 있는 손 소독제는 당연하고, 소독액이 들은 분무기를 집에서부터 챙겨갔다. 편리한 이동을 위해 빌린 렌터카에 타자마자 한 일은 소독액 뿌리기. 새로운 숙소에 도착했을 때도 마찬가지였다. 우리는 빅 아일랜드에서 세 곳, 오아후에서 두 곳, 총 다섯 곳의 호텔에 묵었는데 지친 몸으로 체크인해도 편히 침대에 누울 수 없었다. 성남에서 인천까지, 인천에서 오아후까지, 그리고 오아후 공항 환승 포인트에서 4시간 대기 후 빅 아일랜드에 도착한 기나긴 1월 19일에도 다르지 않았다. 빠르게 가방에서 소독액과 티슈를 꺼내 이전에 묵었던 투숙객의 손이 닿았을 온갖 곳에 소독액을 뿌리고 티슈로 박박 닦았다. 침구에도 소독액을 듬뿍 분사하고 나서야 조심스럽게 축축한 시트에 등을 대고 누워 모아둔 숨을 푹 내쉬었다.

신혼여행의 대미를 장식할 마지막 호텔은 한쪽에는 다이아몬드헤드산을, 다른 한쪽에는 와이키키 해변을 품고 있었다. 새로운 투숙객을 맞이하기 위해 이미 반짝반짝 광을 내놓았지만 직접 해야 속이 후련한 법! 얼마 남지 않은 소독액을 방 곳곳에 다 쓰고 웰컴 샴페인과 꽃이 올려진 테이블 옆에 앉아 탁 트인 뷰를 감상하는데… 맙소사! 이 방은 커넥팅 룸*이다!

---

* 두 개의 객실을 하나로 연결한 방. 연결문이 있어 필요한 경우 열어두면 많은 인원이 쓸 수 있고, 닫으면 별도의 객실로 사용할 수 있다.

옆 방에 일행이 없는지라 두 방을 잇는 문은 굳게 잠겨 있었지만, 안타깝게도 옆 방 소리가 가깝게 들렸다. 옆 방에는 어느 흑인 아버지와 아들이 머무르고 있었다. 그저 일상적인 대화를 나눌 뿐인데도 왠지 맛깔나게 랩을 하는 것 같아 신기하기도 잠시, 아버지는 하필 감기에 걸리신 건지 밤만 되면 기침 소리가 생생하게 귀에 꽂혔다. 연결된 문틈으로 혹시나 바이러스가 비집고 들어오진 않을까 뜬 눈으로 뒤척인 밤이었다. 허니문으로 호텔 예약을 할 땐 꼭 논커넥팅룸을 요청하자!

#To go, please.

신혼여행을 갈지 말지 고민하다가 결국 강행했던 이유 중 하나는 테이크아웃을 하면 된다고 생각했기 때문이다. 외식을 최대한 피하고, 포장을 해서 숙소나 야외에서 먹으면 충분히 바이러스를 피할 수 있으리라 확신했다.

온화한 기후 덕분에 우리가 묵었던 다섯 호텔 모두 테라스가 있어 포장한 음식을 먹기에 제격이었다. 무시무시한

팁을 내지 않아도 되니 일석이조! 하와이에 머무는 12일 동안 단 한 번도 식당에서 음식을 먹지 않았다. 그 정도로 우리는 지독했다. 로코모코*는 화산 국립공원으로 향하는 달리는 차 안에서, 한국 TV 방송에 소개된 마카다미아 팬케이크는 호텔 테라스에서, 그 유명한 갈릭 버터 쉬림프는 빨리 맛보고 싶어 주차장에 차를 대놓고 허겁지겁 먹다가 결국 체해 버렸다.

여행 둘째 날, 지금도 인생 포케로 뽑히는 포케 식당으로 향했다. 팽이가 쓴 모자에 그려진 바트 심슨을 보고 "I like your hat!"을 외치며 신나게 심슨 얘기를 하던 종업원에게서 도톰한 참치가 들은 포케를 받아 한적한 매니니오왈리 해변 돌 무더기에 걸터앉았다. 평화롭게 물놀이하는 가족을 보며 먹었던 포케의 맛과 정취는 평생 잊지 못할 인생의 하이라이트다. 하와이와 사랑에 빠진 순간이기도 하

* 쌀밥 위에 햄버그 스테이크, 계란, 그레이비 소스를 올린 하와이 요리.

다.

　하루는 브런치를 먹기 위해 호텔에서 걸어서 30분 거리에 있는 맛집으로 향했다. 주말 아침 해변에서 비치 발리볼을 하는 청춘들, 울창한 야자나무 숲에서 요가하는 사람들을 구경하며 식당에 도착하니 빈속으로 걸어서 그런지 배에서 꼬르륵 소리가 났다. 귀국을 위해 받은 PCR 검사에서 코로나19 음성을 확인한 이후여서 그냥 식당에서 먹어도 됐을 텐데, 다른 사람들이 브런치를 즐기는 여유를 부러운 눈으로 구경만 하다가 주문한 음식을 받고 다시 30분을 걸어 돌아와 호텔 테라스에서 식사를 즐겼다.

　바질 페스토가 버무려진 토실한 알감자와 에그 베네딕트는 차갑게 식어버렸지만 어찌나 배가 고팠는지 꿀맛이었다. 냉장고에 보관해 둔 맥주도 있고, 언제 봐도 아름다운 하와이의 바다가 사이드디쉬인 이곳! 지상 낙원에 둘에게만 허락된 작은 공간에 차린 훌륭한 식사. 그래도 다음에 다시 하와이에 간다면 꼭 외식을 하고 싶다.

2022.01.23
장소: 지구, 하객: 별

결혼 알림장에 적힌 1월 23일은 빅 아일랜드에서 온전한 하루를 보낼 수 있는 마지막 날이라 고급 리조트에서 묵기로 했다.

오아후로 가는 비행기를 타기 위해 섬의 동쪽 힐로에서 서쪽 코나로 되돌아갔다. 아름답기로 유명한 19번 국도. 현실감 없는 새파란 하늘 밑을 한참 달리다가 기분이 내키면 차에서 내려 하와이의 축복받은 날씨를 온몸으로 흡수했다. 관광안내 책자에 나오지 않는 이름 모를 장소여도 상관없다.

따끈한 말라사다* 한 박스를 사서 도착한 리조트는 고급 리조트답게 우리가 들어가자마자 꽃으로 만든 목걸이를 걸어줬고(그 와중에 KF94 마스크를 쓰고 있던 나), 말 그대로 미친 뷰를 내내 구경할 수 있는 방으로 안내했다.

입실을 네 시에 했기에 도착한 지 얼마 되지 않아 해가 졌다. 테라스에 앉아 일몰을 바라보며 하루를 놓아줄 준비를 해야 할 시간인데 괜스레 조바심이 났다. 1월 23일은 정식 결혼 날짜는 아니지만, 결혼 알림장에 적은 날짜이기 때문에 남은 시간을 TV나 보면서 쉬기는 아까웠다. 평소보다 더 특별하게 보내야 속이 후련할 것 같았다.

사실 한국에서 구매한 웨딩드레스가 캐리어에 담겨 있었다. 원래 계획은 이 드레스를 입고 기념사진을 남기는 것이었다. 하지만 하루 종일 운전해서 이동 거리가 길기도 했고, 햇볕을 받으며 땀을 뻘뻘 흘린 우리에게 초호화 리조트의 아늑한 침대는 사진 촬영에 방해 요소가 될 뿐이었다.

* 하와이에서 즐겨 먹는 도넛과 비슷한 빵.

'드레스 입어야 하는데…'

머리와 달리 지친 몸은 자꾸만 누워있기를 갈구했고, 무언가 하기를 거부했다. 그저 사진 한 장 남기기 위해 뜬금없이 드레스를 입고 화장을 하는 억지가 다 무슨 소용인가 변명거리만 늘어놓다가 결국 귀차니즘이 승리! 먼 곳까지 고생스럽게 찾아가서 고민 끝에 고른 나의 드레스는 1월 23일은커녕, 결혼한 지 2년이 넘어 글을 쓰는 지금도 구매한 그대로 포장지에 곱게 담겨 있다. 드레스조차 포기하다니, 얼마나 게으른 신부인가!

멍하니 심신을 안아주는 일몰을 바라보다가 그래도 한 가지 결심은 했다. 며칠 전 기침하는 우크라이나 남자를 만난 마우나케아산 천문대에서 내려오다가 산 중턱에 있는 여행자 센터에서 잠시 쉬었는데, 살면서 단 한 번도 본 적 없는 쏟아지는 별을 봤다.

불빛 하나 없는 고지대여서 하늘과 땅 사이에 어떠한 장애물도 없었다. '쏟아지는 별'이라는 고루한 표현을 그대로 체감하는 순간이었다. 지구상 어디에 있든 이렇게 많은 별이 보이지는 않지만 늘 함께했고, 앞으로도 함께할 거라니 든든했다. 사진 촬영에는 의지가 0이던 우리는 빅 아일랜드를 떠나기 전에 그 장관을 한 번 더 보고 싶은 마음이 통했다. 잠시 누워서 체력을 충전하다가 해가 진 뒤에 몸을 일으켜 밖으로 나갔다.

차로 약 한 시간 거리. 어느 순간부터는 가로등이 없어 헤드라이트가 비추는 곳만 겨우 볼 수 있을 정도로 어두컴컴한 길이 이어졌다. 무섭기는 했지만 그래도 한 번 와봤다고 헤매지 않고 능숙하게 마우나케아산에 도착했다. 아무리 열대 기후여도 겨울은 겨울이라 저녁 7시면 해가 져서 정상에 있는 천문대는 입장할 수 없었지만, 여행자 센터까지만 가도 별들을 조우하기에 충분했다.

그렇게 성능이 좋다고 하는 휴대폰으로도 담을 수 없는 밤하늘이었다. 초롱초롱한 눈과 종일 하늘을 올려다봐도 끄떡없는 강인한 경추가 있다면 우주의 별들과 인사를 나눌 수 있다. 별자리 앱을 다운받아서 나의 별자리인 쌍둥이자리를 찾기도 하고, 난생처음 별똥별을 보면서(그렇게까지 별똥별이 많은 줄은 몰랐다.) 앞으로 펼쳐질 결혼 생활이 아름다웠으면 하는 소원을 수줍게 빌었다.

　드레스와 턱시도가 아닌 추위를 막기 위한 두터운 패딩을 아무렇게나 껴입고, 결혼을 축하해 주는 수많은 하객이 아닌 우주의 빛나는 별들 앞에서 부부로서 행복을 다짐한 그날, 1월 23일. 해가 뜰 때까지 봐도 지겹지 않을 광경이었지만 볼을 때리는 매서운 바람을 이길 수 없어 아쉬움을 안고 다시 차에 올랐다. 간절한 소원이 수많은 별들의 기억에 심어졌을 거라 확신하며.

2022.01.23
디지털 축의금과 디지털 답례품

1월 23일이 되니 결혼 알림장을 받은 지인들에게서 연락이 왔다. 결혼을 축하한다는 정다운 메시지와 전혀 기대하지 않은 축의금까지…

여느 예비부부가 모바일 청첩장을 만들듯이 모바일용으로 결혼 알림장을 준비했다. 결혼을 알려야 하지만 직접 만나기에 어려운 사람들을 위해서였다. 결혼식을 했다면 청첩장 모임을 빌미로 얼굴을 봤겠지만, 서로 부담인 데다가 코로나로 사람들 간 만남이 머쓱해서 종이 알림장을 나눠줄 수 없었다.

모바일 결혼 알림장은 재택근무로 만나지 못한 회사 동

료들과 소셜 미디어로 소식만 알고 지내는 이들에게 간단한 문구와 링크만 보내면 결혼 소식을 알릴 수 있으니 간편하다. '지구촌'이란 말. 이 많은 지구인이 한 마을 이웃과 같다는 게 말이 되나 싶었지만, 이제는 안다. 몸은 뿔뿔이 흩어져 있어도 소셜 미디어나 메신저에 우리들 일부가 마을을 이루어 살고 있다. 눈에 보이지는 않아도 원할 때면 언제든 소통할 수 있는 지구 마을이다.

모바일 결혼 알림장은 간단하게 만들었다. 만원 정도로 템플릿을 살 수 있었는데, 그중 가장 심플한 디자인으로 골랐다. 흔히 받는 모바일 청첩장을 밑까지 내려 보면 '마음 전하는 곳'이는 제목과 함께 신랑과 신부의 계좌번호가 적혀 있다. 우리가 구매한 템플릿에도 포함되어 있었다. 노웨딩이라 필요 없는 이 부분을 지우고 싶어서 맞춤 제작이 쉬운 템플릿을 골랐는데, 잠깐 고민이 됐다. 축의금을 받을 의도는 없지만, 결혼 소식을 알리면 돈을 보내고 싶다고 계좌번호를 물어보는 분들이 있었기에 편의를 위해 내버려둘까 싶었다. 그래도 우리의 취지와 다르게 부담을 줄 것 같아 결국에는 지웠다.

하지만 요즘이 어떤 세상인가? 굳이 계좌번호를 알려주지 않아도 메신저의 송금 기능으로 축의금을, 선물하기 기능으로 신혼살림에 필요한 선물을 잔뜩 보내주셨다. 푸짐한 밥 한 끼 대접하지 못한 모진 부부에게 아무런 조건도 없이 축하를 보내주시니 감사하면서도 민망했다. 감사 인사를 어떻게 전할까 하다가 회사 동료가 신혼여행을 다녀온 후 돌렸던 답례품이 기억났다.

원래대로라면 매일 사무실에서 얼굴을 봤을 회사 동료들은 재택근무를 하느라 언제 다시 볼지 몰랐고, 가까운 친구들은 사회생활을 위해 다른 지역에 살게 되면서 1년에 한번 보면 자주 보는 편이었다. 답례품을 비대면으로 전달해야 했기에 우리도 선물하기 기능을 활용했다. 호불호가 갈리지 않으면서도, 유용하고, 금액대도 적정한 답례품을 찾다가 전국 어디든 있을 법한 커피 체인점의 기프티콘으로 정했다. 축의금이나 선물을 보내주신 분들께 감사 문구와 함께 기프티콘을 보냈고, 여기에 다시 답장을 보낸 분들과

못다 한 이야기를 마저 나누며 사이버 피로연을 열었다. (기프티콘으로 답례품을 보내는 게 센스 있다는 칭찬은 덤) 멀리 떨어져 있는 사람들에게 애정을 전할 방법이 무궁무진한 세상 덕분에 자칫 퍽퍽할 뻔했던 노웨딩은 보이지 않는 하객들의 정(情)으로 촉촉해졌다. 디지털 만세!

비상식을 사랑하는
모순 ♡

2022.02
명절의 온도 36.5℃

며느리들이 가장 스트레스 받는 날이 명절이라고 한다. 1년 중 가장 풍요로운 날이었던 것 같은데 언젠가부터 명절 증후군이라는 말이 들리는 걸 보면 이제는 스트레스만 풍요롭게 쌓이는 날인가 싶다.

할머니가 돌아가시기 전까지는 큰집에 온 친척이 북적북적 모여 여자들은 하루 종일 음식을 하고, 남자들은 술을 마셨다. 식사할 때는 남자들은 널찍하고 튼튼한 상을 펼쳐 여유롭게 앉고, 여자들은 조그마한 밥상에 옹기종기 둘러앉아 배를 채운 뒤 설거지하기 위해 금세 엉덩이를 떼곤 했다.

친척 중 또래가 없는 데다가 어릴 적부터 알아줄 정도로 낯을 가렸던 나에게 명절은 1년 중 가장 지루한 날이었다. 명절 전날에는 큰집에 가기 싫어 밤잠을 설치기도 했다. 할머니와 큰아버지가 돌아가신 후 자연스럽게 친척들은 모이지 않았고, 명절이 '회사에 안 가는 긴 연휴'로 재정의 되고 나서야 가장 좋아하는 날로 급부상했다.

결혼 전, 나와 팽이의 부모님은 명절에 큰 의미를 두는 편이 아니라(아마도?) 부모님을 뵈러 가기보다는 둘이 놀러 다니기에 바빴다. 좋아하는 뮤지션이 ULTRA* SINGAPORE의 헤드라이너라는 소식을 듣고 싱가포르에 가거나, 멋 좀 부려 보겠다고 맞지 않는 신발을 신고 방콕에서 발에 물집이 잡힐 정도로 걸어 다녔다. 꼭 해외에 가지 않더라도 텅 빈 서울에서 즐기는 여유도 좋았다.

하와이로 신혼여행을 다녀오니, 한국은 2022년 설날 밤이었다. (원래 전날 돌아오는 일정이었는데 오는 비행 편이

---

* 전 세계 도시에서 열리는 일레트로닉 뮤직 페스티벌.

취소되는 바람에 늦었다.) 방역 택시를 타고 집에 도착하니 밤 8시. 집 앞 치킨집의 대표 메뉴 갈릭 치킨 한 마리를 배달 시켜 먹고 긴 여정의 피로에 일찍 잠자리로 향했다.

최근 몇 년간 워낙 멋대로 명절을 보낸 탓에 결혼 후 명절도 그럴 줄 알았는데 우리만의 착각이었다. 시부모님은 아들이 결혼 후 맞는 첫 명절인데 아무런 소식이 없어 크게 실망하신 눈치였다. 불편한 심기를 팽이에게 슬쩍 내비치셨고, 그제야 '아차!'하고 머리가 돌아갔다. 결혼을 기점으로 명절에는 '뭐 하고 놀까?'가 아닌 '가족들을 언제 만날까?'를 먼저 따져야 한다는 사실을 놓치고 있었던 것이다.

귀국 후 코로나로 일주일간 자가 격리 중이어서 시부모님을 직접 찾아뵙지는 못하고 영상 통화로 어색하게 얼굴을 마주했다. 어설픈 변명이나 거짓말로 무마하고 싶지 않았다. 설날인데 연락을 못 드려서 죄송하다고, 첫 명절이라 생각이 짧았다고 솔직한 말로 실수를 인정했다. 허허 웃으시며 조금 서운하긴 했지만 괜찮다고 말씀하시는 시부모님의 너그러움에 눈물이 핑 돌았다.

싱글 시절의 가장 큰 관심사는 '뭘 할까?' 즉, 행위였다. 재미있는, 평소에 하고 싶었는데 못했던, 소셜 미디어에서 본, 새로운 뭔가를 해야만 했고, 할 일이 많은 만큼 기동력도 충분했다. 명절의 온도는 뜨거운 열기의 뮤직 페스티벌에 가면 100°C로 끓고, 선선한 가을바람을 맞으며 밤 산책을 하면 15°C로 차분히 식고, 남국의 어느 나라에서 40°C도 노릇노릇 익기도 했다.

우리는 우연인지 운명인지 모르겠지만 태어날 때부터 정해진 가족과 수십 년을 산다. 유일하게 스스로 선택한 가족, 배우자가 생기면 그 배우자의 가족도 내 가족이 된다. 며느리는 시댁을, 사위는 처가를 추가로 챙기면서 자연스럽게 효도도 더 자주 하게 된다. 평소라면 카네이션도 없이 대수롭지 않게 넘겼을 어버이날에 전화 한 통 더 하게 되니 말이다.

가족이 늘고, 거리감도 한껏 가까워져 심적으로 부대낄 일이 많다 보니 이제는 행위가 아니라 '사람'이 관심사가 되었다. 사람이 궁금해지고, 그 사람과 보낼 시간에 집중하면서 큰 폭으로 오르락내리락하는 온도 변화 대신 36.5°C의 잔잔함을 나눈다.

거부감이 들 수도 있다. 내 한 몸 챙기고, 나만 염두에 두면 충분했던 편리함을 한순간 잃게 될까 봐. 하지만 서로 선만 잘 지킨다면 그리 나쁘지만은 않다. 해외로 향하는 기내 대신 꽉 막힌 경부 고속도로에 갇혀 푹푹 한숨을 쉬면서 국도 루트를 찾아보느라 정신없긴 하다. 그래도 별거 아닌 근황을 나누고, 어린아이로 돌아가 엄살을 부려 보기도 하고, 매년 쑥쑥 커 가는 아이들과 강아지를 흐뭇하게 바라보면서 고된 일상에 온기를 빼앗긴 영혼은 36.5°C에서 서서히, 하지만 확실히 충전된다.

2022
축하받지 못할 용기

노웨딩을 후회하냐는 질문에 아주 솔직히 답하자면 후회 30, 만족 70 정도다. 결혼 당사자인 나와 팽이만 놓고 보면 노웨딩은 크게 후회하지 않는다. 체력과 정성이 받쳐주는 상태로 시간을 돌리면 제로 웨이스트를 추구하는 웨딩 파티에 도전해 보겠지만, 어쩌면 또 노웨딩을 선택할 수도 있다. 그러나 분명히 후회되는 부분도 있다.

노웨딩에 따르는 불쾌함은 친척들 사이에서 생겼다. 아빠와 노웨딩을 협의하고 며칠 뒤, 친척 어른께서 헐레벌떡 나에게 전화를 걸어 몇 번이고 설득을 시도하셨다. 결혼식은 해야 하지 않겠냐는 말이 줄줄이 소시지처럼 꼬리를 물고 반복되었다. 결혼식에 대한 견해를 침착하게 말씀드렸지만, 귀에 전혀 안 들어오는 듯했다.

힘든 통화를 끝내고 기진맥진해 있는데 1분도 채 안 되어 이번에는 그 아들이 전화해서 놀랍도록 똑같은 소리를 했다. 직계 가족도 아니고 친척들의 설득에 포기할 노웨딩이었다면 애초에 선택하지도 않았다. 하지만 막상 전화로 이러쿵저러쿵 잔소리를 들으니 정신이 쉭 빠져나갔고 그 자리에는 갈등과 원망이 채워졌다. 풀리지 않는 분을 어떻게든 해소해 보고자 쓰지 않던 일기를 썼다.

결혼식은 해야 한다는 말에 하루 종일 기분 다운. 왜 다운되었지?

이 결정을 한 내가 문제가 있는 건 아니니 나의 결정을 탓하지는 말자. 내가 하는 결혼 내 의사가 가장 중요하지.

확실하게 얘기도 못 했다. 좀 더 내 주장을 정리해서 잘 얘기해야겠다.

어찌 되었든 결혼식 없는 결혼을 했고 몇 달 뒤, 전화를 했던 친척 오빠의 결혼식이 열리는 날이었다. 결혼식장으로 향하는 길에 친척 오빠의 전화가 왔다. 결혼식을 불과 몇 시간 남겨두고 무슨 일인가 의아해하며 최대한 반가운 목소리로 받았는데, 부케를 받을 사람이 없으니 부케를 받으라고 했다.

????????

이미 결혼했는데 왜 부케를 받느냐고 따졌지만, 결혼식을 안 했으니 받으라는 황당한 요청이었다. 내 말은 완벽히 무시되었으니 요청보다는 통보가 맞겠다. 거대한 바위벽에 대고 개미가 울부짖듯 나의 거절 의사는 벽을 넘지 못한 채 허공에 무의미하게 흩어졌다. 그렇게 유부녀지만 강제로 부케를 받는 수치를 겪었다.

이렇게 좌절감이 밀려오는 순간에는 차라리 결혼식을 할 걸 그랬다는 후회가 든다. 결혼식의 장점은 한 분 한 분

뵙고 인사 드리기 어려운 분들을 한 번에 모시고 "우리 결혼해요!"하고 선언하고, 축하를 받을 수 있다는 것이다. 결혼식은 축하가 기본값이다. 반면, 노웨딩의 기본값은 질타다. 우리가 결혼식을 안 했기 때문에 남들이 축하를 깜빡하는 정도는 충분히 이해한다. 그저 욕이라도 안 먹으면 감사해야 한다. 우리는 결혼을 축하하고 있는 걸까, 결혼식을 축하하고 있는 걸까?

사람들은 내면에 각자의 세계를 형성하며 산다. 설거짓거리를 잔뜩 쌓아 두는 게 누군가의 세계에선 허용되지만, 누군가의 세계에선 불법이다. 생김새도 향기도 제각각인 꽃들이 상호작용을 하며 사회는 다양해진다. 내가 만든 세계에는 결혼식이 필수가 아니라는 규범이 있었고, 결혼식을 안 해도 축하받아 마땅하다는 다소 순진한 분위기가 조성되어 있었다. 그들이 만든 세계에는 다른 결혼 규범이 있겠지만 나는 그게 궁금하지도 않거니와 왈가왈부 평가하지 않는 것이 최고의 존중이라 믿었다. 타인의 세계에 들어맞지 않는 답안지를 강요하는 폭력은 행사하고 싶지 않았다.

인생을 사는 동안 1밀리 초도 벗어날 수 없는 **나를 따를지**, 1년에 한 번 볼까 말까 한 누군가에게 미움받지 않기 위해 **나를 고쳐 쓸지** 양자택일하는 건 너무나도 명쾌해 보이지만 놀랍게도 그리 쉽지 않았다. 결혼식은 안 해도 결혼이라는 큰 일을 앞두고 좋은 말만 듣고 싶은 바람은 여느 예비 신부들과 다를 바 없었기에 더더욱 어려웠다.

현실은 냉담했고, 노웨딩에 매번 좋은 말만 따르지는 않았다. 축하받고 싶다는 평범한 바람은 욕심처럼 보였고, 일찌감치 버리는 게 상책이었다. 내 세계를 수호하기 위해 축하받고 싶은 바람 혹은 욕심을 포기하고 아무렇지 않으려 애쓰기로 했다. 내면의 목소리를 무시하면서까지 다른 세계에 맞출 필요가 없었다. 내 세계를 존중하지 않는 사람들의 세계라면 더더욱.

2022
67kg 대형견과 살고 있어요

돌이켜보면 지금 살아있는 게 기적일 정도로 술을 마셨다. 알바 회식에서 늦은 새벽까지 테킬라를 신나게 원샷 때린 기억이 있는데, 눈을 떠 보니 난생처음 보는 집에 누워 있었다. 어느 해수욕장 근처 민박에 납치를 당했나 싶었는데 다행히 같이 마셨던 친구의 집이었다. 택시를 탔다가 엉뚱한 곳에 내려 핸드폰을 잃어버린 적도 있다. (집까지 어떻게 왔는지 기억나지 않는다. 미쳤어! 정말⋯) 철없을 때 겪은 극단적인 일들이지만, 결혼 직전까지도 술 약속이 있는 날은 흔히 자정이 넘어서 집에 도착했다. 그러던 내가 변했다.

나는 결혼 후에도 동료들과 술자리가 간간이 있는 편이

었고, 팽이는 매일 재택근무를 해서 거의 집에 있었다. 굳이 술을 찾아 마시는 타입도 아닌지라 퇴근 후 약속도 없었다. 술자리를 함께하는 지인들에게 남편을 '집 지키는 강아지'라고 표현하는데 전혀 과장이 아니다. 팽이는 재택근무를 마치면 무료하게 TV를 보면서 내가 퇴근하고 오기만 오매불망 기다린다. 내가 집에 도착하면 요놈 잘 걸렸다는 듯 산책하러 나가자고 조른다. 나는 하루 종일 인간을 대면하지 못한 외향형 팽이가 만나는 유일한 인간이기에 그 기다림이 더욱 간절하다. 회사에서 에너지를 다 쓰고 흐물흐물 파김치가 된 내향형 인간은 뜨듯한 물로 샤워하고 소파에 누워 TV나 보고 싶지만, 하루 종일 외로웠을 팽이를 위해 밤 산책을 나선다. 아파트 단지를 한 두 바퀴 도는 밤 산책은 우리의 저녁 루틴으로 자리 잡았다. 그러다 보니 밖에서 술 마시며 신나게 놀다 보면 팽이가 떠오른다.

'나랑 산책하러 가려고 기다리고 있을 텐데 너무 늦으면 안 되겠어.'

10시가 넘으면 언제 자연스럽게 자리를 빠져나갈지 엉

덩이를 들썩거리며 시계를 흘끗 확인하기 시작한다. 나의 화려한 음주 역사를 알고 있는 한 직장 동료는 왜 그렇게 몸을 사리느냐고 하는데 딱 맞는 말이다. 자리를 온전히 즐기지 못해 아쉬울 때도 있지만, 그래도 집에서 누군가가 나를 기다리는 삶이 주는 안정감은 아쉬움을 상쇄하고도 남는다.

유부남·녀들이 말하는 결혼의 가장 큰 장점은 안정감이다. 결혼하기 전에는 왜 안정감이 필요한지 공감할 수도 없는 데다가 관심도 없었다. 싱글로서 삶은 나름 안정적이라고 생각했다. 내가 번 돈은 나를 위해서만 쓰면 되고, 하고 싶은 건 언제든 할 수 있는 30대 골드 미스(?)의 삶은 더할 나위 없었다. 이기적일 정도로 나한테만 집중해도 아무도 뭐라고 하지 않는 자유를 결혼하면 잃게 될까 봐 두렵기도 했다.

그때 나는 '물질적 안정'은 있었지만 '심리적 안정'은 없었다. 일하는 동안 꾹꾹 감췄던 불안감은 늦은 밤부터 새벽 사이에 꿈틀꿈틀 활동을 시작한다. 조금이라도 신경 쓰이는 일이 있으면 도망치고 싶은 온갖 기이한 상황(주로 수능 전날인데 공부를 하나도 안 한 레퍼토리)이 닥치는 악몽을 꾸고 소리를 지르며 깨곤 했다. 눈을 끔뻑거리면서 현실성 하나 없는 상상의 나래를 펼치다 보면 근심은 머리에서 떨어지지 않았고, 결국 의미 없이 인스타그램 피드를 스크롤하다 최면에 걸린 듯 잠들었다. 꽤 오랜 기간 그래와서 심리적 안정감이 부족한 상태일 거라고는 의심도 안 했다.

혼자 자던 슈퍼 싱글 침대가 팽이와 나란히 잘 수 있는 퀸사이즈로 바뀌었다. 적당한 실내 온도, 겨울의 찬 공기를 막아주는 묵직한 이불 안에 쏙 들어가 잠에 빠진다. 버릇처럼 새벽에 눈을 떠 불안한 어느 날이었다. 이런저런 상상으로 잠은 달아났고, 곧 눈도 말똥말똥해졌다. 인스타그램이나 볼까 하다가 옆을 바라보니 세상만사 관심 없다는 듯 코를 골며 자는 팽이의 모습이 보였다.

'남편이 있으니까 괜찮을 거야.'

팽이의 손을 살짝 잡고 다시 눈을 감았다.

어렸을 때 우리 가족은 주택에 살았다. 엄마는 어린 두

자녀를 집에 두기에 불안했는지 집 지키는 개가 필요하다며 요크셔테리어 키드를 분양받았다. (그 작은 강아지가 우릴 어떻게 지키겠는가.) 늘 바깥세상을 갈망하던 키드는 대문을 열어놓은 틈을 타 울타리를 넘어 가출했고, 우린 다시 만날 수 없었다. 이제는 앙증맞은 키드 대신 67kg 대형견이 집을 지킨다. 언제나 나를 향해 꼬리를 흔들어 줄 상시 대기조가 있는 삶은 싱글일 때는 전혀 알 수 없었던 심리적 안정감이라는 선물을 안겨주었다.

TV 소리가 웅웅 나고 방바닥이 적당하게 데워져 있는 집에 오면 하루의 긴장이 풀린다. 혼자였으면 귀찮거나 무서워서 엄두도 못 냈을 늦은 밤 산책도 대형견과 함께라면 든든하다. 시시콜콜한 이야기를 나눌 사람이 있기에 나는 기꺼이 몇 잔의 술 대신 산책을 고른다.

2022
투명 망토를 쓴 대들보

결혼 전 주말은 데이트하는 날이었다. 맛집이나 힙한 장소를 찾아다니기 좋아해서 지도 앱에 저장된 장소들을 정복하러 다니곤 했다. 좋은 전시회가 있으면 미술관에 가고, 날씨가 좋으면 서울에 있는 공원이나 고궁에서 광합성을 즐겼다.

결혼 후에는 날마다 데이트하는 날이다. 24시간 내내 붙어있진 않지만, 평일 일과가 끝나고 주황색 조명 밑에서 오붓하게 먹는 저녁은 파인 다이닝이 부럽지 않다. 둘 중 한 명이 약속이 있어 함께 저녁을 보내지 못하면 온전히 혼자만의 시간을 즐길 수 있지만 금방 심심하다.

의외로 주말에는 바빠서 데이트할 시간이 부족하기도 하다. 결혼을 하니 챙겨야 할 경조사가 훨씬 많아졌다. 명절, 가족들의 생일, 크고 작은 기념일을 챙기면 아예 한 달 스케줄이 꽉 차서 친구들과는 약속을 잡기 어려울 때도 있다. 주로 가정의 달인 5월이나 생일과 추석이 몰린 가을이 그렇다. 가족 행사가 없는 주말에는 결혼 전처럼 데이트를 즐긴다. 서울에서 경기도로 이사 온 후에는 주로 차를 타고 움직이다 보니 차 막히는 서울의 핫 플레이스에 예전만큼 자주 가진 못하지만 서울 외곽에 잘 알려지지 않은 한적한 장소를 발굴하는 재미가 있다.

여러 주말 데이트 중에서도 내가 가장 사랑하는 시간은 집순이답게 집에서 보내는 시간이다. 매일 있는 집에 주말에도 있는 게 뭐 그리 좋나 싶기도 하지만 그저 소파에서 뒹굴뒹굴하며 TV를 보는 시간을 말하는 것이 아니다. 알람 없이 최대한 게으르게 일어나 식빵 한 조각을 구워 먹고 커피 한 잔으로 졸음을 마저 날린다. 정오가 되기 전 부지런히 헬스장에서 땀을 흘리고 돌아와 샤워를 마치고 차려 먹는 점심 식사를 사랑한다. 운동이라는 무거운 과업을 해치우고, 상쾌하게 샤워한 뒤 가뿐한 몸과 마음으로 점심을 먹으면 얼마나 뿌듯한지 모른다.

주말 점심은 특식이다. 365일 하는 다이어트로 평일에 참았던 음식을 이것저것 만들거나 배달시켜서 소파 테이블에 깔면 의식이 시작된다. 한국인답게 소파를 등받이 삼아 바닥에 앉는다. 현란한 리모컨 질로 놓쳤던 TV 프로그램이나 좋아하는 유튜브 영상을 틀면 남서향의 큰 거실 창으로 들어오는 햇볕이 만든 빛 조각이 그제야 눈에 들어온다. 거기에 가벼운 술도 곁들인다면 금상첨화! 살짝 알딸딸 해지면 언제든 잠을 청할 수 있어 좋다.

근심과 걱정 하나 없이 세상에서 가장 편안한 데이트이자, 사진 찍을 일 하나 없는 단조로운 일과다. 주말 인스타그램에는 화려한 술자리, 어느 해외 여행지의 장엄한 풍경, 칠링 바이브가 느껴지는 브런치 사진이 넘쳐흐른다. 소셜 미디어에 크게 영향을 받는 나약한 나라는 인간은 스마트폰을 시선이 닿지 않는 구석에 던져두고 눈앞에 보이는 삶에 집중한다. 절대 가볍지 않은 평범함의 무게를 얼마나 많은 대들보들이 지탱하고 있는지.

○ 돈 걱정 없이 사이드 메뉴까지 시킬 수 있도록 매월 통장에 꼬박꼬박 꽂히는 근로소득
○ TV 소리에 집중할 수 있는 안전한 집
○ 여러 위기를 이겨내고 옆에 있는 배우자
○ 아침 운동을 갈 수 있는 건강한 신체와 정신
○ 그리고 아픈 데 없는 가족들

둥그런 보름달이 뜬 추석이면 깊은 밤하늘에 간절히 소원을 빈다. 어릴 땐 뭐 그리 갖고 싶은 게 많았는지 뭔가를 달라는 소원이 대부분이었다. 부모님의 소원이 궁금해 물으면 돌아오는 대답은 '가족의 건강'. 그 후 몇 번을 물어도 대답은 한결같았다. 건강보다 내 방이 갖고 싶었던 소녀는 아쉬움에 김이 빠져버렸다.

'왜 엄마 아빠는 더 좋은 집으로 이사 가게 해달라고 빌

지 않을까?'

　돈이 있고, 집이 있어도 건강이 없다면 평범함을 누릴 수 없다는 진리를 깨달은 건 꽤 나이가 들어서다. 나만 건강해서 되는 것도 아니라는 진리는 더 늦게, 건강을 당연한 듯 손에 쥘 수 없다는 진리는 더 더 늦게. 너 거기 있었구나? 안 보여서 없는 줄 알았지! 재미없는 일상의 비밀을 깨달은 자에게만 주어지는 평범한 데이트의 특별함, 진심으로 사랑해♥

2023.12.02
이런 육아도(圖)

"음… 내가 생각을 해봤는데 말이지… 40이 되기 전에 애를 낳아야 할 것 같아."

2020년 봄, 이 모든 이야기의 시초가 되었던 팽이의 말이다. 결혼했을 때, 팽이는 한국 나이로 39세였다. 1월에 결혼했으니 곧바로 임신해야 팽이가 40살이 되기 전에 출산이 가능했다. 2세 계획도 중요하지만 아이를 낳으면 신혼부부로서 단둘이 즐길 수 있는 시기가 인생에 다시 오지 않기에 최소 1년은 둘이서만 신혼의 설렘을 즐겨 보기로 했다.

신혼집을 꾸미고, 설악산을 오르고, 예물로 구매한 커플 자전거를 타고 방방곡곡을 누볐다. 마침 회사에 입사한 지

3주년이 된 보상으로 리프레시 휴가 10일을 받아 9월에는 2주간 프랑스 여행을 다녀왔다. 스물셋에 떠났던 유럽 배낭여행 후 12년 만에 다시 찾은 파리. 돈이 없어 바게트와 누텔라로 점심 끼니를 때우고, 야경을 포기한 채 한인 민박으로 돌아가 꼬박꼬박 저녁으로 한식을 챙겨 먹었던 20대와 달리 여유가 생긴 30대에 다시 찾으니 전에 몰랐던 아름다움이 보였다. 도시 전체에 낭만이 내려앉아 있었다. 그렇게 22시간의 살인 일정으로 스친 북부 도시들, 쪽빛 바다에 맞닿은 니스에서 시작해 남부 지방을 횡으로 둘러보고 한국에 돌아오니 이제 충분하다는 느낌이 들었다. 새 생명을 맞이할 준비가 된 듯했다.

다음 해 3월, 푸르른 식물 태몽을 달고 초록이가 찾아왔다. 그리고 같은 해 12월인 2023년의 끝자락에 초록이가 세상의 빛을 보는 기적을 맛보았다. 팽이의 나이는 한국 나이로 40세, 만으로 39세였으니 '40이 되기 전에 애를 낳고 싶다'는 꿈을 반은 이룬 셈이다.

나의 부모님 세대에는 아이 둘 낳고 사는 삶이 표준이었다. 외동인 친구는 많지 않았고, 그들은 이기적이라는 억울한 오해를 받았다. 강산이 최소 두 번은 변하자, '아이 둘을 둔 가정'은 듣기 싫은 잔소리로 전락했다. '아이가 없어도 괜찮아.'라는 표어가 대중을 휩쓸며 쿨한 라이프 스타일의 표본이 되었다. 인기는 없겠지만 나도 말해 본다. **아이가 있어도 괜찮아. 정말로.**

우리나라 출산율이 급격하게 떨어졌다고 한다. 초록이를 낳은 분만 전문 산부인과가 43년 만에 문을 닫았다. 또래 산모들이 이 병원에서 태어났을 정도로 역사가 깊은 병원이 폐업해 버려 씁쓸하기만 하다. 출산 전에는 막연히 육아가 두려웠다. 육아는 힘든 만큼 행복하다고 하는데 행복에 비해 힘든 면이 더 크게 부각되어 퍼진 탓에 '육아=하기 싫음'이라는 공식이 만연해졌다. 그래서인지 출산보다는 반려동물이나 반려식물을 입양하고, 혹은 비혼까지도 고려하기도 한다. 나도 가상의 고양이 차비, 마요와 사는 DINK 집사의 꿈을 꿨으니…

산후조리원에 머무는 2주는 인생에서 손에 꼽을 정도로 우울했다. 자유는 빼앗겼고 희생만 남은 것 같아 예능 프로그램을 보다 가도 눈물이 주르륵 흘렀다. 조리원 퇴소 전날, 몇 년 동안 심리 상담을 해주신 선생님과 이야기를 나누는 50분 내내 울기만 했다. 선생님의 온화한 위로에 겨우 감정을 추스르고 집에 돌아왔는데… 웬걸! 육아는 너무나 큰 행복이었다!

새벽 5시가 넘으면 아기가 깬다. 사부작사부작 침대에 달린 모빌을 만지는 소리에 나도 일어난다. 강제 미라클 모닝. 아기 침대에서 한참을 같이 뒹굴다가 거실로 데리고 나와 기저귀 갈고, 장난감을 쥐여 준 후에야 화장실에 가고, 물도 한 잔 마신다. 맘마 주고 양치질을 시키고, 전날 쓴 젖병이랑 이유식 식기들을 설거지하고, 놀아주고…

배고플 때 밥 먹는 건 사치다. 아기가 낮잠을 잘 때나 혼자 놀고 있는 틈을 타 후다닥 눈칫밥을 먹는

다. 이 패턴을 두세 번 정도 반복하면서 하루를 보내고, 아기가 밤잠을 자면 그때부턴 육퇴! 일 것 같지만, 이유식을 만들어야 한다. (속았지^^?) 밤 9시가 되어서야 이유식 제조가 끝나면 이제 진짜 쉬는 시간인데 다음 날 새벽 5시에 일어나야 하니 머리가 지끈거린다. 그래. 아침에 후회하지 말고 일찍 자자.

어때요? 부럽나요? 아이가 없을 때 나에게 이 글을 보여줬다면 "안 사요!!" 손사래 치며 도망갔을 게 뻔하다. 아무리 봐도 유쾌하지 않은 삶인데 신기하게도 아이가 없을 때보다 행복한 일이 백 배 정도는 더 많다. 아니 천 배? 만 배려나?

아이를 보고 있는 동안 잇몸이 마르도록 웃고 있는 내 모습에 흠칫 놀라고는 한다. 상식을 뒤흔들고, 이성을 마비시키는 행복. 아이를 위해서라면 기꺼이 모든 것들을 희생할 수 있게 되고 그 희생이 전혀 애처롭게 느껴지지 않는다. 아이를 낳지 않으면 이해할 수 없으리라 감히 얘기해 본다.

뇌의 어딘가 고장 난 게 분명하다.

양수에 퉁퉁 붇고 불에 탄 고구마처럼 새빨갛던 얼굴이 점점 뽀얘지고, 속싸개에 온몸이 묶여 가만히 자는 것밖에 할 수 없던 게 발을 차고, 손을 뻗어 엄마와 아빠의 손을 잡고, 몸을 뒤집고, 좋아하는 인형을 꼭 안는다. 하루하루 사람답게 발전하기 위해 용을 쓰는 자그마한 몸뚱이를 보는 일은 혼자만 즐기기 아까울 정도로 경이롭고 아름답다.

결혼식 없이 결혼한 지 약 2년, 세 가족이 뚱땅뚱땅 연주해 가는 악보에 크레센도가 그려졌다. 웃음소리는 날로 커져 간다. 초록이도 결혼할 거니? 해도 되고 안 해도 돼. 노웨딩도 좋고 호텔 결혼식도 좋아. 뭐든 괜찮아. 네가 좋아하는 방식이라면!

마침 글

서로를 사랑하는 시인(남자)과 음악가(여자)가 있었다. 하지만 이들 사이로 강이 생겨 만날 수가 없어졌다. 강을 건너려면 뱃사공에게 돈을 주고 강을 건너야 했다. 음악가는 돈이 없어 뱃사공에게 애원했지만 뱃사공은 단호하게 거절했다. 이때, 음악가를 짝사랑하던 사업가가 나타나 자신과 하룻밤 자면 배를 탈 수 있는 돈을 주겠다고 제안한다.

음악가는 사업가와 하룻밤을 보내게 되는데, 이를 알게 된 시인의 친구인 개그맨은 이 사실을 시인에게 알린다. 음악가는 사업가에게 받은 돈으로 강을 건너지만, 시인은 음악가에게 이별을 고한다. 시인, 음악가, 개그맨, 사업가, 뱃사공 중 가장 나쁜 사람은 누구인가?

'가장 나쁜 사람=자신이 제일 중요하게 여기는 가치'라고 한다. 우연히 피드에 뜬 심리 테스트다. 몇 년 전에 해봤는데 다시 몰입하게 되었다. 당시 내 선택은 뱃사공이었다.

2023년의 나는 음악가를 골랐다. 사랑하는 사람을 만나기 위해 사랑하는 사람을 배신하다니. 분명 다른 방법이 있었을 텐데 굳이 저 방법을 선택해야만 했을까? 음악가의 실수를 떠올릴수록 괘씸하다. 음악가를 고른 사람들이 가장 중요하게 생각하는 가치는 연인 혹은 배우자라고 한다. 믿거나 말거나 심리 테스트지만, 몇 년 사이에 뱃사공에서 음악가로 옮겨온 내 가치관의 변화가 신기하기도 하고, 결과가 꽤 납득되어 고개가 끄덕여졌다. (배우 – 친구, 시인 – 자신, 사업가 – 인생의 목표, 뱃사공 – 일)

팽이와 나는 만난 지 10주년이 지났다. 월드컵 대교 앞에서 홈런볼을 먹은 지도 10년이 지났다. 우려와 의문은 접

어두고, 축하와 응원만 두르고 결혼식 없이 결혼한 지는 2년이 지났다. 누군가는 큰일이 날 것처럼 겁을 주고 다그쳤다. 그때마다 흔들리는 소심한 인간이 결국 노웨딩이라는 기능장을 떳떳하게 가슴팍에 붙이게 되었다. 결혼식을 안 해서 결혼 생활이 고단하면 어쩌나 하는 근거 없는 불안감이 들던 때도 있었지만 10년이라는 긴 시간을 함께해온 우리 사이는 누구보다도 견고하며, 아직도 서로를 너무 사랑한다. 이제 나는 자신 있게 말할 수 있다. 결혼식의 규모와 결혼의 행복은 절대 비례하지 않는다.

지친 직장인을 꿈꾸는 엄마로 만들어준 초록이

꿈에 장작을 대준 팽이

묵은 이야기를 꺼낼 용기를 준 오드리

이런 결혼도(圖)
우리다운 결혼을 찾는 노웨딩 여정

ⓒ 이다혜

발행일 2024년 11월 21일
지은이 이다혜

발행처 인디펍
발행인 민승원
출판등록 2019년 01월 28일 제2019-8호
전자우편 cs@indiepub.kr
대표전화 070-8848-8004
팩스 0303-3444-7982

정가 12,000원
ISBN 979-11-6756637-9 (03810)